약속하건대,
분명 좋아질 거예요

약속하건대,
분명 좋아질 거예요

나태주
에세이

더블북

괜찮다, 괜찮다, 괜찮다, 지금 그대로도

사흘만 산다는 목숨이 십육 년을 더 살았다. 중환자실에 누워 있는 동안 밖에서는 장례 준비를 할 정도였으니 지금 나는 두 번째 삶을 살고 있다고 볼 수 있다. 그 전에 나는 싸우는 사람이었다. 질 줄 모르는 사람이었다. 아이들에게도 그렇게 가르쳤다. 뭐든 잘해야 한다고, 오늘 하루도 잘해야 한다고, 그것만 잘 사는 방법이라고 배웠고 그렇게 살아야 한다고 가르쳤다.

그러니 주변을 둘러볼 시간이 얼마나 있었을까. 내가 잘하게 도움이 되는 것, 내가 잘 사는 데 도움이 되는 것들만 들여다볼 수밖에 없지 않았을까. 작고 하찮은 것을 제대로 사랑이니 할 수 있었을까.

이제 나는 기뻐하고 사랑하고 감사한다. 분별없이 기

뻐하고 순간순간에 집중하고 산다. 아침에 일어나 밥 한 수저를 떴을 때, 그림을 그렸을 때, 딸아이가 전화로 근황을 알릴 때, 꽃이 필 때, 꽃이 질 때, 먹장구름이 하늘을 덮고 굵은 빗줄기를 내릴 때……. 모든 게 기쁘다. 그 사소함에 집중하며 산다.

이 책은 죽을병에 걸린 사람이 다시 살아나 과거의 잘못과 새 삶을 기록하는 병상일기가 아니다. 이 책은 내가 아파서야 배운 것에 대한 기록이다. 이 아름다운 세상을 사는 아름다운 사람들에게 전하는 기쁨과 긍정의 메시지다. 그러나 나 역시 여전히 진다는 것도, 사랑도, 기쁨도 서툰 사람이니 어쩌면 이 책은 지금 그대로도 괜찮다는 권유다.

길고 긴 병원 생활도 이제 와 생각하니 눈 깜짝할 새다. 새로 산 목숨도 벌써 십육 년을 굴리고 있다. 참 빠르다. 이처럼 우리 일생은 아침기도와 저녁기도 사이, 어슬어슬 어둠이 내려앉는 시간처럼 빠르게 지나간다.

굳이 잘 살려고 아등바등 애쓰지 않아도 된다는 걸 알기 위해 이렇게 나이 먹은 사람이 되었는지 모를 일이다.

기적이란 그 속에 있을 땐 모른다. 내 몸을 지나 기적이 갔다는 것을 인생을 두 번 살며 알게 됐다. 잠시 멈춰 마음을 우두커니 바라보면 그 기적이 보인다.

꽃이 환장하게 피는 봄날에 꽃이 피는 줄도 모르고, 초록이 짙어가는 여름날에 소나기 내리는 줄도 모르고, 가을날에 산이 붉게 물들고 있는 줄도 모르고, 첫눈이 펑펑 쏟아지는 겨울날에 사랑의 두근거림도 잊고. 그런 삶이 어두울 수 있다. 괜찮다. 기적은 있다. 넘어져서 일어서는 것, 아침에 눈을 떠 세수하는 것, 밖에 나갔다가 집으로 돌아오는 것……. 여러분 모든 행동이 기적이다.

이 책으로 기적을 찾는 여러분을 응원한다.

2023년 4월
나태주

그 실은 멀리 갔던 길

카드를 버리고 안경을 버리고

지갑과 휴대전화도 놓고

물론 구두도 벗고 옷도 벗고 맨몸으로

그 실은 조금은 멀리 갔었다

잔잔한 강물 같다고나 할까

어둠과 고요로움 속으로 돌아올 수 없을 만큼

멀리 갔었다

코끼리 무리 같은 미루나무 숲 같은 검은 그림자가

지평선 위에 웅얼거렸지만

텀벙텀벙 물소리 같은 것은 나지 않았다

워낭소리 같은 것도 들리지 않았다

다만 고요의 심연이었다

뒤에서 두 아이가 애타게 부르고

아내가 목 놓아 불렀지만

아무런 소리도 아랑곳하지 않았다

다만 앞으로 앞으로만 나아가질 뿐

뒤돌아보는 일이 몹시도 힘겨웠다

다만 고요로웠다

이대로 계속해서 가면 되는 일이었다

오직 백 프로의 부정과 불가능에 맞선 일 프로의 기적

신의 보이지 않는 긍정과 선택이 나의 밤에 있었다.

목차

2부 ··· 당신과 오래 세상에 머물고 싶어요

3부 ··· 기적이란 그 속에 있을 땐 모른다

1부

약속하건대, 분명 좋아질 거예요

참 좋다

나는 오늘 무엇이 기쁜가? 무엇보다도 오늘 살 수 있다는 사실에 기쁘다. 물 마실 수 있어서 기쁘고, 음식 삼킬 수 있어서 기쁘다. 새삼스레 한국말로 시를 쓰는 사람인 것이 기쁘다.

살다 보면 맑은 날이든 궂은 날이든 만난다. 그날들이 나는 몹시 좋다. 오늘따라 고개를 들어 하늘을 바라볼 수 있어 참 좋다. 새소리에 귀를 기울일 수 있고, 생각이 내키면 새로 산 자전거를 비벼 타고 우체국 사서함으로 우편물을 찾으러 갈 수 있어서 기쁘다.

가끔은 디피점으로 페이퍼 사진을 뽑으러 가고, 시디 가게에 들러 새로 나온 시디 한 장을 사 올 수 있어서 기쁘다. 끼니때 잔치국수 한 그릇을 사 먹고, 집에 오는 길에 은행이나 분수섬에 들르거나 파리비게뜨에 들러 내가 좋아하는 소보로빵이나 슈크림빵, 몽둥이빵을 사 가지고 집으로 돌아올 수 있어서 기쁘다. 이런 것들이 어찌 기쁘지 않을까.

내가 찾아가는 우리 집, 우리 집이 있어서 얼마나 다행이랴. 집에 식탁이 있다는 사실, 내가 앉아서 글을 쓰거나 책을 읽는 앉은뱅이책상이나 컴퓨터가 있다는 사실, 오디오세트와 책들이 있다는 사실이 몹시 기쁘고 고맙다.

연둣빛 녹차를 만들어 마실 수 있는 다기 세트가 있어서, 지인들이 사준 아직 개봉하지 않은 몇 통의 녹차가 있어서 더없이 기쁘다.

아파트 거실에 앉아 있으면 커다란 유리 창문으로 앞산이 그대로 보인다. 그 위로 열린 하늘이 또 고스란히 내 집 마당처럼 건너다보인다. 비 오는 날은 비 내리는 것이 보기 좋고 바람 부는 날은 바람 부는 것이 보기 좋다. 눈이 내리는 풍경은 더 말할 것이 있으랴.

식탁에 앉을 때 나는 바깥쪽을 바라보고 앉고 아내는 유리창을 등지고 앉는다. 음식을 먹으면서도 나는 아내 얼굴을 마주하며 바깥 풍경에 눈길을 줄 수도 있다.

아내와 아내 등 뒤로 보이는 풍경은 그대로 아름다운 그림이다. 그것도 사계절 언제나 살아서 움직이고 변하는 그림이다. 나는 그림을 가만 앉아 보는 게 기쁘고 감사하다.

생각하면 무엇 하나 기쁘지 않은 게 없다. 산책길에 마주치는 나무 한 그루, 풀꽃 한 송이 내 앞에 있다. 그 존재는 그 존재로 감동이요, 축복이다.

그리고 얼마나 많은 사람에 에워싸여 살고 있는가. 내가 이름을 외우고 있는 수많은 사람, 그들 한 사람 한 사람이 나에게는 기쁨이 아닐 수 없다. 그들이 보내는 전화나 문자 메시지, 이메일은 기쁨이고 더러 보내는 육필 편지는 더욱 큰 기쁨이다.

얼마나 많은 사람이 나를 사랑해주고 있는가. 그것을 생각하면 눈물이 흐른다. 부모님 아직도 생존해 계시고 흩어져 살고 있지만 맹자 말씀대로 형제들 무탈함이 어찌 아니 기쁘랴.

오랜 세월 함께 부대끼며 사느라 늙어버린 아내는 나에게 얼마나 든든한 삶의 동지인가. 그리고 우리 아이들, 아들아이와 딸아이가 있다는 건 또 얼마나 커다란 마음의 위안이며 축복이겠는가.

병상에서 여섯 달 넘게 죽음의 터널을 지나왔다. 그 시간 동안, 얼마나 많은 사람이 나를 위해 마음 졸이며 눈물 뿌려 기도했던가. 한두 사람이 아니었다. 아주 많은 사람이 마음을 모아 하늘에 통사정하듯 기도했다.

그래서 나는 나시 실아있다. 히니님도 그 많은 사람의 기도를 외면하실 수는 없었던 모양이다. 그 기도에 마지못해 응답해주셔서 나에게 잠시 지상에서의 휴가를 더 주신 것이다.

이 어찌 기쁜 일이 아니겠는가. 이렇게 세상에 나를 사랑하는 사람이 많았구나. 그건 확실한 인생의 중간 결산이었다. 자기가 타인으로부터 진정 사랑받고 있는 사람이라는 것을 확인할 때보다 행복하고 기쁜 시간은 없다. 그것도 아무런 사심이 없고 계산속이 없는 사랑일 때 더욱 그렇다.

그냥 좋아하는 거 하세요

우리는 가끔 특별하고 커다랗고 새로운 것에만 의미를 두면서 살아간다. 익숙한 것, 조그만 것, 낡은 것에는 아예 눈길조차 주려고 하지 않는다.

내게 가까운 것, 평범한 것에는 관심을 주지 않다 보니까 사는 일이 시들하고 무미건조하다. 특별한 일이, 커다랗고 새로운 일이 매일 생길 수는 없다. 무슨 일이든 잘할 수도 없고, 무슨 일을 할 때마다 큰 의미를 둘 수도 없다. 그러니 삶이 재미없는 게 당연한 일이다.

모든 것을 잘하려고 애를 쓰는 동안 마주치는 반복되는 날들이 무슨 재미가 있겠는가. 보는 것, 만나는 것, 들리는 것마다 익숙한 것들이고 반복되는 것들. 그래서 따분하고 사는 일이 지루하다. 이렇게 되면 자기 자신이 불행하다는 생각을 하게 될 것이고 더 나아간다면 비관론자, 우울증 환자가 되고 만다.

그렇게 살았다면, 고생했다. 고생했으니 이쯤에서 자기 인생에, 자기 생활에 일단정지를 눌러보자. 잠시 쉰다고 인생이 망하는 것은 아니다. 내 앞에 가는 사람을 목표로 두고 애를 쓰며 살았던 일상을 잠시 멈추고 지금 삶에 어디 고장 난 데는 없는지 점검해보자는 이야기다.

정말로 내 인생과 생활이 무의미하고 재미없는 것인가. 다른 사람의 그것하고도 비교해볼 일이기도 하지만 상호 비교는 크게 도움이 되지 못한다. 그러면 자기 빈곤감을 가져올 뿐이다.

가장 좋은 길은 사물의 절대성을 깨닫는 일이다. 이 세상에 있는 어떠한 물건이나 어떠한 일도 똑같은 것이나 비슷한 것은 하나도 없다. 그 무엇도 다른 것들이다. 유일무이한 것들이다.

어제 내가 맞이한 아침과 오늘 찾아온 아침은 전혀 다른 아침이다. 한 사람을 어제 만나고 오늘 다시 만난다 할지라도 오늘 만나는 그 사람은 어제 만난 그 사람과 전혀 다른 사람인 것이다.

그렇게 일상생활 속에서 새로움과 신기함을 발견할 수 있어야 한다. 반짝이는 삶을 회복해야 한다. 세상이 낡고 재미없게 느껴졌다면 그 자신이 오로지 낡고 재미없는 인간이라서 그렇다. 내부 풍경을 과감히 바꿔야 한다. 때로는 잠시 멈춰 생각을 바꾸고 의도를 고치고 세상을 바라보는 시선을 달리 가져보면 어떨까. 그러면 일상의 행복을 발견할 수 있다.

일상의 행복. 이보다 더 좋은 행복은 없다. 일상의 행복은 의외로 우리가 무시하고 넘긴 사소한 것, 낡은 것, 익숙한 것들 속에 숨어 있게 마련이다. 되풀이되는 것들 가운데서 느껴지는 편안함도 일상의 행복 가운데 하나다.

하루하루의 시간 시간 맞닥뜨리는 일들이 얼마나 다행스러운 것들이 많은가. 얼마나 소중하고 고마운 것들이 많은가. 그걸 찾아내야만 한다.

달라이 라마는 무욕이 아니라 탐욕만 안 부려도 좋다고 했다. 세상이 번쩍거려 보여도 다 별거 없다. 만족 못 하고 비교하면 너도나도 별수 없다. 너무 잘하는 거 잘 되는 거 찾아 헤매지 말자.

좋아하는 거 있으면, 그거 하면 된다. 보여주려는 마음이 앞서면 자존심 상하고 상처만 입는다. 좋아하는 거 하면 하다가 그만둬도 상처 안 받는다. 그럴 때는 넘어져서 무릎이 까져도 자존감이 남는다.

요즘은 겨울에도 황사가 몰려오고 있다. 숨이 막혀 못 살겠다고 불평할 수도 있나. 그러나 기끔은 활짝 개 산뜻하게 씻긴 깊고도 높은 겨울 하늘을 보여주기도 한다.

며칠 우울하게 보낸 마음이 있다면 그 하늘에 던져 말 갛게 세탁해야 할 일이다. 청명한 하늘에 감사하고, 그런 하늘을 만날 수 있게 된 행운을 다행스럽게 여겨야 한다.

오늘이 궂은 날이었다면 내일을 기대해보자. 내일은 무언가 좋은 일이 일어나겠지. 까치발을 디뎌보자. 이것이 희망이다.

나는 날마다 내일을 기대하며 산다. 내일을 꿈꾸며 산 다. 비록 내가 꿈꾼 내일이 허탕일지라도 나는 날마다 내 일을 꿈꾸고 내일을 기대한다.

가끔 황망한 날을 만나지요?

살면서 우리는 가끔 황망한 날을 만난다. 그럴 때는 어찌할 바를 몰라 주저앉을 때도 있다. 내 생애에 이토록 황망한 날은 입원하던 날이었다. 그건 한꺼번에 몰아닥친 회오리바람 같았고, 태풍 같았다. 그 위기는 내가 가진 모든 것들을 송두리째 휩쓸어 날려버릴 것만 같은 기세로 몰아닥쳤다.

신의 작정이거나 계시였을까. 인간의 한정된 생각과 짐작으로는 도저히 상상조차 되지 않는 깊고도 커다란 삶의 웅덩이였다.

저녁 무렵부터 배가 아파지기 시작했다. 그냥 배가 아픈 것이 아니라 배 속 깊숙한 곳에서 우러나오는 아픔이었다. 밥을 먹을 수도 없었고 물을 마실 수도 없었고 잠을 잘 수도 없었다. 그렇다고 편안히 앉아 있을 수도 없었고 누워 있을 수도, 서 있을 수도 없었다.

다만 아프고, 아프고 또 아플 뿐이었다. 소화제를 먹어보고 청심환을 먹어보아도 소용이 없었다. 먹는 대로 토했다. 걱정스럽게 지켜보던 아내가 병원으로 가자고 말했다. 새벽 두 시쯤 됐을까. 아내가 거실 쪽에서 슬슬 짐을 챙기고 있었다. 병원에 갈 준비를 하는 것 같았다. 아내가 다시 병원에 가자고 졸랐다.

"여보, 한 시간만 더 기다려주구려. 아무래도 이번에 집을 떠나면 돌아오지 못할 것 같아서 그래요."

나는 방바닥을 뒹굴고 기어 다니며 한 시간을 버텼다.

나는 그동안 얼마나 집을 좋아하는 사람이었던가. 내 책들이 빼곡하게 꽂혀 있고 쪽책상이 놓여 있고 이부자리가 있는 이 방을 얼마나 좋아했던가. 끝없는 육신의 아픔 속에서도 방안을 둘러보고 또 둘러보았다. 시계는 세 시를 가리키고 있었다. 더는 견딜 수 없었다.

"여보, 갑시다. 우리 병원으로 갑시다. 더는 안 되겠어요."

나는 다급하게 말하면서 양복을 챙겨 입었다. 119에 전화했으나 대전의 병원까지는 가지 않는다 해서 택시를 불렀다. 밖은 추웠다. 바람이 불고 눈발까지 날리고 있었다.

택시도 좀처럼 오지 않았다. 우리는 짐 보따리를 들고 어두운 도롯가에서 한참 동안 기다렸다. 그러다가 서 있을 수조차 없어서 아스팔트 바닥에 주저앉고 말았다. 마침내 택시가 왔고 운전기사가 묻기도 전에 빠르게 말했다.

"내가 많이 아픕니다. 가능한 대로 빨리 갑시다. 목적지는 대전 을지대학병원 응급실이오."

택시 기사는 조심스럽게 속력을 내어 차를 몰았다. 병원에 도착하니 네 시가 되었다. 응급실 앞 붉은 간판 글씨 아래 젊고 건장한 남자 두세 명이 서성이다가 사람을 맞았다.

"누가 환자신가요?"

"나요, 내가 환자요. 안으로 안내하시오."

나는 청년들의 안내를 기다릴 사이도 없이 급하게 걸어서 응급실 안으로 들어갔다. 우선 커다란 의자에 앉았다. 택시 안에서도 구역질을 했는데 병원에 도착하자 구역질이 더욱 심해졌다. 얼마 지나지 않아 택시에서 소식을 알렸던 아들아이가 도착했고, 이윽고 지인인 김찬 교수가 도착했다. 나는 김찬 교수에게 급히 물었다.

"김 교수, 내가 아무래도 췌장에 문제가 생긴 것 같아요."

"선생님, 의사들이 가장 싫어하는 환자는 의사 환자랍니다. 그리고 사람의 배 속이 워낙 복잡해서 쉽게 무어라 속단하기 어렵습니다."

그건 조용한 질책이었고 답변 회피였다.

몇 차례 주사가 놓이고 침대에 옮겨졌다. 옷이 벗겨지고 환자 옷이 입혀졌다. 그때부터 기억이 오락가락했다. 시간 개념도 사라져갔고 눈앞에 있는 물체들도 보이다가 안 보이다가 했다. 이리저리 끌고 다니면서 검사를 하기도 하고 사진도 찍고 그러는 것 같았다.

정신의 끈을 아주 놓지 않으려고만 이를 악물고 또 악물었다. 모든 일이 급하게 진행되는 것 같았다.

이윽고 어느 커다란 방으로 들어갔고 차가운 침대에 눕혀졌다. 수술실 같았다. 간호사인 듯한 여자가 내 입에 젤리 같은 걸 한 움큼 집어넣고 열을 세고 나서 삼키라 일렀다. 그런 뒤 재갈이 물렸고 젊은 여자 의사 한 분이 목으로 무언가를 집어넣었다. 내시경 시술이었다. 까물대는 정신을 붙잡고 아픔을 이겨냈다.

눈에 고인 눈물이 지르르 흘러내리는 걸 느낄 수 있었다. 나중에 알고 보니 그 여자 의사가 김안나 교수였다. 나를 위급한 상황에서 건져준 고마운 분. 그런 뒤 중환자실로 다시 옮겨졌다. 그날 하루 응급실과 중환자실에서 나온 치료비만도 백만 원이 넘었다 한다.

진통제를 놓아도 한 시간을 넘기지 못하고 계속해서 고통을 호소했다고 한다. 그렇게 나는 길고 긴 병원 생활의 터널 속으로 빨려 들어갔다. 그 터널 속에서 빠져나올 때까지 길고 긴 시간이 필요했다.

우리가 살면서 만나는 어둑한 터널, 길면 길고 짧으면 짧은 그 길. 금방 빠져나오면 다행이지만, 그 터널이 길다고 좌절할 필요도 기죽을 필요도 없다. 나는 그 터널 속에 갇혀서야 깨달았고, 이 책은 그 기록이다.

'나도 이렇게 아팠는데 일어났으니 당신도 그렇게 하라'는 말이 아니다. '나 같은 사람도 이겨냈으니, 당신도 이겨낼 수 있다'는 말이다.

약속하건대, 분명 좋아질 거예요

나는 키가 작다. 시골에 살았고 아버지는 소작농이었으며 가난했다. 집안 사정 때문에 초등학교 졸업할 때까지 외할머니 집에 던져져서 살았다. 결핍이 있을 수밖에 없는 환경이었다. 외로움과 가정적인 결핍, 불행하다고 생각할 수밖에 없는 날들이었다.

그런데 괜찮았다. 영국 말 중에 인간은 도시를 만들었고, 시골은 신이 만들었다는 말이 있다. 나는 정말 그렇게 생각하며 살았다. 도시에 살았다면 풀꽃은 모르고 살았을 테니까. 결핍과 외로움이 없었다면 고등학교 1학년 때, 시를 쓸 생각을 하지 않았을 테니까 말이다.

남들에게 있지만 나에게 없는 것을 채우려고만 하면 그건 제 삶이 아닌 게 된다. 이를테면 나는 중학교나 고등학교 교사가 아니라 초등학교 교사였기 때문에 아이들의 순수한 모습을 오랫동안 볼 수 있었고, 그 마음을 시의 언어로 담아낼 수 있었다.

게다가 나는 오랜 시간 무명 시인이었다. 시집을 내주는 데가 없어 첫 시집은 자비로 칠백 부를 발간했다. 제작비 십육만 원이었는데 당시 쌀 열 가마니 값이었다. 그 돈은 아버지가 농협에서 빌려줘서 할부로 갚았다. 책값은 칠백 원, 첫 책은 어머니가 사주셨다. 애처로운 시절이었다.

그런데 어느 날, 광화문 교보빌딩에 걸린 시 구절 '자세히 보아야 예쁘다, 오래 보아야 사랑스럽다, 너도 그렇다'가 사람들 마음을 움직였다. 나이를 한참 먹어서야 사람들이 내 시를 읽어주기 시작했다.

내가 남들보다 부족하다는 것에 집착했다면 부정적인 마음이 삶을 사로잡았을 일이고, 그랬다면 봄날도 영영 오지 않았을 일이다. 그렇다고 무작정 어딘가 부족하다고 느끼는 그 감정을 억지로 사랑하라는 말은 아니다.

억장이 무너지고 마음이 어둑하더라도 그것이 좋아질 날을, 봄이 올 날을 조금만 기다려보면 어떨까. 모자란 점을 나무라지 않으면 좋겠다. 부디.

지금 자기 삶이 부정적인 메시지로 가득하다면, 실패하면 안 된다는 강박에 빠져 있는 게 아닐까, 생각해보자. 너무 예쁘려고, 너무 완벽하려고, 니무 잘하려고, 너무 앞장서려고 하다 보면 한 번 실패하고 한 번 삐끗하면 '내 인생 망친 게 아닌가.' 하고 생각하고 만다.

너무 잘하려고 하는 마음은 비교 대상이 있을 때 생기는 일이다. 그 사람만큼은 살아야지, 그 사람만큼은 먹어야지 하면서 말이다. 비교 대상이 많을수록 스트레스를 더 많이 받고 분노하는 일도 잦아진다.

좁은 땅덩어리에 오밀조밀 모여 사는 우리가 어찌 서로의 시선에서 벗어날 수 있겠느냐마는 너무 가까이에서 상대를 주시하고 또 상대방과 나를 비교하는 행동은 스스로를 더욱 불행하게 만드는 일이다.

내가 제일 싫어하는 말이 있다. '이번 생은 망했어.' 그런 말, 부탁하건대 하지 않았으면 한다. 어떻게 온 인생인가. 엄청난 선택과 엄청난 노력과 엄청난 행운과 축복으로 여기까지 온 인생이다. 한 번 넘어지고 실패한 것으로 인생을 판단하면 안 된다.

인생은 허무한 것이다. 조그마하고 초라하고 보잘것없다. 그건 누구의 인생이든 다 똑같다. 잘생긴 사람이든, 배운 사람이든, 돈 많은 사람이든 결국은 조그맣게 늙어 죽는다. 그럼에도 불구하고 우리가 제대로 살아야 하는 이유는 우리 삶의 자취가 영원히 남기 때문이다.

인생은 결국 조그마한 기억으로 남는다. 돈, 미모, 명예, 학력은 모두 초라해진다. 그러나 삶의 흔적은 영원히 남는다. 그것이 내 자식이라면 자식이고, 학문이라면 학문이고, 사회적 업적이라면 업적이다.

한 사람이 우리에게 기억되는 건 그 사람의 재산도, 외모도, 명예도 아닌 그 사람의 의미 있는 자취들 덕분이다. 사람은 결국 작아지고 고요해지고 초라해지고 무가치해진다. 그렇지만 그 사람이 남겨놓은 무언가가 다른 사람을 이롭게 할 때 참 의미 있는 인생이 된다.

내가 좋아하는 말이 있다. '넘어진 자 그 땅을 짚고 일어서라.' 넘어지면 땅을 짚고 일어서서 다시 길을 가면 될 일이다. 남들이 가는 길이 나에게 맞지 않으면 돌아서 다른 길로 가면 된다.

넘어지는 것은 실패가 아니다. 실패야말로 터닝포인트다. 터닝포인트는 다시 뒤로 돌아가는 유턴 같은 게 아니다. 지금까지 어렵게 온 길 다시 새로 가라는 소리도 아니다. 가던 길 고쳐서 좋은 길로 가는 게 터닝포인트다.

아홉 번 실패했다면 아홉 번 노력했다는 티베트 속담이 있다. 그렇다. 아홉 번 실패해서 아홉 번 그렇게 하면 안 된다는 것을 아는 사람이 그만큼 더 성공한 것이다. 아홉 번 실패한 사람은 아홉 번 터닝포인트를 만나 아홉 번 길을 고쳐 간 아름다운 사람이다.

금수저고 어떻고 흙수저고 어떻고…… 그런 생각은 품

지 말자. 금수저? 은수저? 필요 없다. 어차피 밥 먹을 때 쓴다. 그냥 스테인리스 수저, 평생 써도 닳지 않는 그런 수저 하나면 인생은 충분하다.

요즘 청춘들은 너무 잘하고 있다. 그런데도 자신이 부족하다고 생각하고 산다. 얼마나 마음 아픈 일인가.

실패자, 루저, 낙오자인 것 같다고 생각하니 속에 열등감이 생기고 그것이 스트레스가 되기 때문에 삶이 더욱 힘들다. 그러니 남에게도, 나 스스로에게도 자극적인 말을 안 했으면 좋겠다. 대신 이런 말을 하자. 우리가 가장 듣고 싶은 말, '괜찮다.'

"너 괜찮아. 지금 다시 시작하면 돼."

지금까지 우리는 "무엇이 될래? 뭐 하는 사람이 될래?" 이렇게 묻고 대답했다. 이제 우리는 '어떻게'를 생각하면서 살아야 되지 않을까? 사회적으로 높은 위치에 있던 사람이 과거의 어떤 잘못으로 하루아침에 비난받는 일이 흔하다. 어떻게 살지 고민하지 않았기 때문이다.

시골에서 자기 하는 일을 하고, 집으로 돌아와 밥 먹고 따뜻한 방에서 곤히 잠자며, '오늘 하루 충분했다'라고 만족하는 삶이 훨씬 더 낫다. '괜찮아, 앞으로 어떻게 살 건지 생각해보자.' 이렇게 스스로에게 묻고 살아보자.

기본에 충실하고 하루하루 충실하고 남에게 잘하고,

이런 쪽으로 하루하루 살아가는 게 그 어떤 삶보다 훨씬 성공한 삶이다.

그대 부디, 너무 패배감에 빠져 있지 말길. 그대의 패배가 끝내 그대를 승리하게 만들 것이니까. 지금의 빈곤이 끝내 그대를 부유하게 만들 것이다.

또래가, 주변 사람이 나보다 빨리 성공한 것을 마냥 부러워하지 말고, 따라잡으려고 발버둥 치지 말고 자기 안의 가능성을 믿고 좀 천천히 가면 안 될까.

천천히 가면 나무도 풀도 바람도 사랑도 자기 주변의 이름들도 인생도 더 잘 보인다. 그 인생이 성공한 인생이다.

나태주식으로 성공을 정의하면 이렇다.

자기가 잘하고 좋아하는 일을 찾아내어 그 일을 평생 그치지 않고 계속해서 시간이 지나 늙은 사람이 되었을 때, 자기가 꿈꾸는 사람이 된 자신을 만나는 것이 성공이다.

다른 사람을 따라 하는 것은 성공이 아니다. 그 사람의 성공일 뿐이다. 내 성공은 내 안에 있다. 내가 꿈꾸는 사람을 내가 만나는 것, 그것이 성공이다. 일흔을 훌쩍 넘은 나도, 내가 꿈꾸던 그 사람을 지금 만나러 가는 길이다.

봄이다, 부디 아프지 마라

내가 처음 시를 썼을 때는 열여섯 살이었다. 그 뒤로 계속 시를 썼으니 육십 년 동안 시만 쓰고 있는 것이다. 누구의 권유나 문화적 배경이 있어서 시작한 게 아니다.

고등학교 1학년 때였다. 동급생 여자애가 예뻐서 연애 편지를 썼다. 하지만 마음을 제대로 전달할 수 없었다. 그래서 '어떻게 좋아하는 마음을 전달할까?' 생각하다가 마음이라도 표현해야 살 것 같아서 시를 쓰게 됐다.

그 뒤로 평생 하고 싶었던 것은 '내 마음을 내 마음같이 표현하는 일'이었다. 그런데 그게 잘되지 않았다. 마음을 표현하면 엉뚱한 게 되곤 했다. 어려운 숙제였다. 육십 년 넘게 풀려고 해도 되지 않은 어려운 숙제. 지금도 잘하려고 노력하지만 잘하지 못하고 있다.

우리는 때로 타인에게 마음 표현을 제대로 하지 못해 답답할 때가 많다. 나는 그 표현을 제대로 하기 위해서 시를 썼다. 어떤 이는 편지를 쓰고 어떤 이는 말로 하기도 한다. 어떤 방식으로든 우리는 타인에게 마음을 전달하기 위해 애쓰고 있다.

마음을 표현하기 위해서는 연습이 필요하다. 그래서 나는 아무 때나 아무 데서나 시를 쓴다. 화장실에서도 쓰고 목욕탕에서도 쓴다. 자전거를 타다가 떠오를 땐 자전거를 멈추고 핸드폰을 꺼내 기록한다. 자다가도 쓰고 심지어 꿈속에서도 쓴다.

이게 다 사랑하는 마음을, 내가 본 아름다운 풍경을 독자에게 고스란히 전달하기 위한 연습이다. 능숙할 때도 됐건만 늘 서툴다. 서툴러서 이렇게 오랜 시간 쓸 수 있었다. 그래서 나는 말할 수 있다. 잘 못하고, 서툴지만 그 일을 좋아하는 사람은 끝까지 갈 수 있다고.

젊은 시절 들은 한의사의 이야기를 생각하곤 한다. '1악握이 얼마인가'를 계량하고 깨닫는 것이 한의사로서의 일생이었다고 한다. 1악은 한 주먹인데, 이것도 한 주먹이고 요만큼도 한 주먹인데, 도대체 1악은 얼마나 되는가 하고 일생 동안 고민했다고 한다.

사랑을 깨닫는 것도 한 세월인데, 사랑이라는 것을 알 때가 되면 사랑이 끝난다. 인생도 일 때가 되면 인생 역시 끝난다. 결국 사람은 사랑이 뭔지, 인생이 뭔지를 모를 때

출발해 그것을 알 때쯤이면 끝난다.

젊었을 때는 세상의 이치가 잘 보이지 않고 잘 들리지 않았는데, 세상을 좀 살고 이제 잘 보이기 시작하면 눈이 나빠지고 잘 들을 줄 알면 귀가 들리지 않는다. 이게 하나님이 놓으신 덫이 아닌가 생각할 때가 있다. 하나님이 인간을 불안정하게 만든 것이다. 지혜를 얻고 알 만하면 능력을 빼앗고 수명을 가져가는 것이다.

내 몸이 아파 죽기 직전까지 갔다가 다시 돌아온 이유는 아직 세상을 알지 못하기 때문이 아닐까. 세상을 이해하고, 사랑을 제대로 알고 그때야 목숨을 가져가는데, 나는 모르는 게 많기 때문에 두 번째 목숨을 준 게 아닐까, 하고 말이다.

나는 오늘도 마음을 표현하기 위해 시를 쓴다. 당신은 무엇을 하고 있는가. 그 표현을 제대로 하지 못해 마음이 아프거나, 슬프거나 하지는 않은가. 다행이다. 그러므로 우리는 살아 있는 것이니까.

멀리서 빈다

어딘가 내가 모르는 곳에
보이지 않는 꽃처럼 웃고 있는
너 한 사람으로 하여 세상은
다시 한번 눈부신 아침이 되고

어딘가 네가 모르는 곳에
보이지 않는 풀잎처럼 숨 쉬고 있는
나 한 사람으로 하여 세상은
다시 한번 고요한 저녁이 온다

가을이다, 부디 아프지 마라.

세상은 아직도 징글징글 좋은 곳이야

　노인은 세상을 오래 산 분들이다. 그러므로 경험이 많고 세상을 바라보는 안목이 높다. 노인의 덕성은 '지혜 있음'에 있다. 여기서 지혜란 앞날에 대한 예견력을 말한다. 인간의 '알음알이'에는 지식과 지혜가 있다. 지식은 주로 과거나 현재에 관한 것이 많고 눈에 보이는 것, 실증 가능한 것들이 많다. 지혜는 미래에 관한 것이고 눈에 보이지 않는 것, 실증이 불가능한 것들이 많다.

　이번에 내가 앓아누웠을 때도 그런 노인 몇 분의 기도와 예견과 축복이 있었다. 실로 노인의 축복을 받는다는 것은 좋은 일이고 고마운 일이고 또 그만큼 역경을 헤쳐나가는 힘이 되는 일이다.

　중환자실에 있을 때 아버지가 면회 오신 일이 있었다. 나는 아버지의 큰자식이다. 큰자식이 꺾이면 나머지 자식에게까지 영향을 준다는 속설을 믿어서 그랬던지 아버지는 언제나 큰자식인 나에게 관대하셨다. 어려서부터 그랬다. 일찍이 큰 기대를 걸어주셨고 자란 뒤에는 가문의 명예를 높인 자식으로 평가하기도 하셨다.

그런 아들이 몸을 상해 죽기 일보 직전이니 그분의 고충과 절망이 얼마나 크셨을까. 아버지가 병원으로 면회 오시는 걸 만류하고 싶었으나 끝내 중환자실을 찾아오셨다. 아버지를 뵙자 많이 송구한 마음이 들었다.

"아버지, 자식 된 자가 이렇게 앓아누워 죄송합니다."

"아니다, 아니야. 너는 어려서부터 몸은 약했지만 마음은 독한 아이였다. 내가 그걸 잘 안다. 네 독기로 잘 이겨내도록 하려무나. 나는 네가 잘 이겨낼 줄 믿는다. 세상은 아직도 징글징글하게 좋은 곳이란다. 부디 살아서 나오도록 하려무나."

"예, 아버지."

아버지가 말씀한 '세상은 아직도 징글징글하게 좋은 곳이란다'라는 말씀에서 그 '징글징글'이란 단어에 마음을 새기며 대답했다. 아버지를 위해서라도 기어코 살아서 병원을 나가야 되겠다는 결의가 생겼다.

그다음으로 김상현 시인의 어머님을 떠올린다. 김상현 시인의 어머님은 아흔 살이 넘으셨다 당신 몸도 편치 않아 자주 병원 신세를 지시는 분인데 독실한 기독교 신자로 일 년에 성경책을 몇 차례씩 통독하시고 기도를 하실 때에도 오랜 시간을 몰두하는 분이라 들었다.

김상현 시인과 사귀면서 여러 차례 뵈었으므로 개인적으로 면식이 있는 분이기도 하다. 그런 분이 내가 아프단 소식을 접하고 길고 길게 기도를 하셨다고 한다. 두 시간 정도 기도를 드렸는데 기도 중에 나에 대한 응답을 받으셨다는 것이었다.

'나태주 선생은 이번에 절대로 죽지 않습니다.'

아드님인 김상현 시인을 통해 전해주신 말씀이다. 병원에서조차 손을 못 쓰고 있는 환자나 또 가족들에게 이런 말씀은 얼마나 큰 위로가 되었겠는가. 이보다 더 큰 축복이, 복음이 어디 있었을까.

고향 큰숙부님 또한 나를 위해 많은 기도를 아끼지 않으신 분이다. 그분은 아버지보다 두 살 연하이시고 평생 가난과 병고에 시달리며 사신 분이다. 돈이나 명예하고도 거리가 먼 삶이셨다.

당신의 형제들 가운데서도 밀리는 편이라 늘 뒷전에서 쓸쓸히 사시는 걸 오랫동안 보아왔다. 하지만 일찍이 종교에 눈을 떠 시시때때로 마을의 조그만 교회당에 나아가 엎드려 기도로 세월을 보내신 분이다.

분명 그런 까닭이었을 것이다. 노년에 이르러 이분은

점점 육신의 건강도 좋아지고 마음의 평화도 남다른 것 같았다. 늘 얼굴빛이 밝고 환했다. 온화하고 편안해 보였다. 종교의 힘이란 학식이나 재산, 사회적 지위 같은 것과는 무관하게 존재한다는 것을 가까이서 보여주신 분이다.

문병차 병원에 들르마 여러 차례 벼르다가 어느 날 찾아오셔서 내 등허리에 손을 얹고 뜨겁게, 뜨겁게 기도를 해주셨다. 나더러 '지푸라기 덤불 속에 던져진 알곡 한 알'이라는 말씀을 해주셨다. 그 역시 몸과 마음을 송두리째 내려놓고 앓는 사람 마음에 큰 힘이 됐다.

아버지

왠지 네모지고 딱딱한 이름입니다

조금씩 멀어지면서 둥글어지고
부드러워지는 이름입니다

끝내 세상을 놓은 다음
사무치게 그리워지는 이름이기도 하구요

아버지, 이런 때
당신이었다면 어떻게 하셨을까요?

마음속으로 당신 음성을 기다립니다.

어머니가 첫 번째로 사주신 시집 한 권

무엇이든 첫 번째 일은 서툴게 마련이고 낯설게 마련이다. 첫사랑, 첫 직장, 첫 만남, 첫 이별. 어떤 것이든 첫 번째 것은 그렇게 어색할 수가 없다. 마치 내 것이 아닌 게 내게로 잘못 찾아온 것마냥 방향성이 없다.

그러나 모든 첫 번째 것들은 마음속에 강력한 기억을 남긴다. 그래서 오래오래 잊히지 않는 그 무엇이 되고야만다. 그것을 우리는 추억이라고도 말하고 상처라고도 말하겠지 싶다.

시인들에게 있어서 첫 번째 시집이 그런 존재다. 모든 시인들에게 있어 첫 번째 시집은 아주 중요한 의미를 지닌다. 그것은 첫 번째 낳은 아기와 같다. 그 아기가 잘생기고 건강하게 자라야만 한다. 그래야만 다음에 나오는 시집도 잘 나올 수 있고 그 시인의 장래 시 쓰는 생활도 보장받는다.

내 첫 번째 시집은 『대숲 아래서』다. 이 시집은 1973년에 나온 시집인데 1971년 〈서울신문〉 신춘문예에 당선된 시의 이름에서 시집 제목을 가져왔다. 사실 그렇게 빨리 시집을 낼 줄은 몰랐다.

신춘문예 시상식이 있고 나서 얼마 뒤, 원효로에 살고 계시던 신춘문예 심사위원 박목월 선생을 찾아뵀다. 선생께서 여러 가지 말씀을 주셨다. "앞으로 시집도 내고……." 그런 요지의 말씀을 하실 때도 겉으로는 "예, 예." 고분고분 대답은 드렸지만, 속으로는 '저 같은 촌놈이 무슨 시집을 내겠습니까?' 그런 생각을 했다.

등단하고 나서 열심히 쓰다 보니 제법 많은 시가 모였다. 그러다 보니 시집을 내보고 싶다는 욕심이 저절로 생겼다. 일단 원고를 박목월 선생께 보여드렸다. 선생께선 당시 한국시인협회 회장 일을 맡고 계셨는데 한국시인협회에서 '어느 고마운 분'의 호의로 발간하고 있던 시집 시리즈에 내 시집을 끼워달라는 뜻으로 알고 "나군, 그 계획은 이미 끝났는데……." 하고 말씀하셨다.

그 시집 시리즈는 주로 등단한 지 십 년이 넘도록 개인 시집을 갖지 못한 시인들을 대상으로 내주게 되어 있어서 별로 기대하지도 않았던 바였기에 크게 실망하지 않고 자연스레 자비출판 쪽으로 마음을 정했다.

등단한 지 얼마 되지도 않았을뿐더러 바깥출입도 시원 찮은 시골 출신이라 통하는 출판사가 없었다. 다행히 신춘 문예 심사위원 가운데 또 한 분이신 박남수 선생께서 《현대시학》 주간 전봉건 선생을 소개해 알고 있었다. 《현대시학》에선 몇몇 젊은 시인들의 시집도 출간하고 있었기에 마음은 전봉건 선생에게로 기울었다.

전봉건 선생은 참 과묵한 분이셨다. 이쪽에서 두 마디 세 마디 해야만 겨우겨우 한마디 대꾸를 하시는데 그것도 아주 짧고 간단명료한 대답이 고작이었다. 그래서 그분과 대화하려면 마음속으로 몇 마디 이야기를 혼자서 주고받고 나서 다음 말을 해야만 했다.

박목월 선생께 보여드린 시집 원고를 들고 전봉건 선생에게로 갔다. 내가 하는 이야기를 듣고 나서 전봉건 선생은 짧은 말로 승낙하고 원고를 받아주셨다. 시집 제작에 관한 계약도 짧게 끝났다. 부수는 오백 부에 판형은 국판, 표지는 반양장. 지질은 중질지. 인쇄는 그 당시 관행대로 내려쓰기로 하기로 했다. 이것들은 내 요구였고 거기에 따라 선생이 제시한 출판비는 십육만 원이었다.

시집 원고를 드리고 난 얼마 뒤에 시집 출판비를 미리 드리기 위해 현대시학사에 갔다. 십육만 원, 내게 그만한 돈이 없어서 아버지한테 월급을 타서 분할로 갚기로 하고 빚을 냈다.

그 시절만 해도 농촌에선 모든 물가를 쌀값으로 기준 삼고 있었다. 십육만 원은 쌀값으로 쳐서 쌀 열여섯 가마니 값에 해당하는 돈이었다. 만 원짜리 돈이 나오기 전이라서 십육만 원을 천 원짜리로만 준비했으니 제법 두툼했다.

기차를 타고 서울까지 가는데 소매치기라도 당하면 어떻게 하나 걱정이 되신 어머니는 내 팬티에 조그만 돈주머니 하나를 만들고는 그 위에 지퍼까지 달아주셨다.

서대문구 충정로 어느 허름한 건물 2층에 현대시학사가 있다. 가파른 나무 계단을 올라 좁은 나무판자로 된 마루를 걸었다. 그 끄트머리쯤 조그만 방에 '신인 시인'에게는 그야말로 전설 같은 현대시학사가 있었다. 그 방안에 오래된 수석처럼 전봉건 선생이 말없이 앉아 계셨다. 그 모습은 흑백필름 속 풍경 같기도 하고 한 세기 전 그림 같기도 한 느낌이었다.

나는 우선 선생에게 인사를 드리고 화장실에 간다면서 일어섰다. 회장실에 찾아가 바지를 내리고 팬티 속에 숨겨 둔 돈 봉투를 꺼내 주머니에 넣었다. 다시 사무실로 가 천연덕스럽게 그 돈을 선생에게 드리고는 돌아왔다.

헌데 중간에 아무래도 오백 부는 시집 권수로 부족할 것 같아서 칠백 부로 부수를 조정했다. 그리고 중질지로 했던 종이를 100그램 모조지로 바꿨다. 이 모든 게 내가 원해서 그렇게 된 것이었다. 물론 시집이 나온 뒤 돈을 더 드릴 요량이었다.

시집을 부쳤다는 전갈을 받고 고향의 면 소재지 우체국에 찾아가 전봉건 선생에게 전화를 걸었다. 변화된 시집 제작비에 관한 얘기를 드렸다. 내 이야기를 잠자코 듣고 있던 선생께서 의외로 말씀하셨다. 내 편에서 상향 조정하여 찍은 시집 제작비 차액에 대해서 전혀 받지 않겠다는 말씀이었다. 그래도 그럴 수 없으니 더 드릴 액수를 말씀해달라는 요구에 선생은 이렇게 말씀하시는 것이었다.

"나 형, 나 형과 내 관계가 이번 일로 모두 끝나는 것 아니잖소?"

뒤통수를 무언가 둔탁한 물건으로 한 대 얻어맞은 듯 띵해 왔다. 전봉건 선생이 바로 그런 분이셨다.

시집은 느리게 느리게 기차 화물로 도착했다. 등기우편으로 한발 앞서 도착한 물표를 움켜쥐고 버스를 타고 서천역으로 갔다. 그곳에서 시집 뭉치를 찾아 택시를 대절해 싣고 집으로 왔다. 택시가 우리 집 마당까지 들어갈 수 없어 큰길가에 싣고 온 시집을 부렸다. 그러고는 지게에 시집 뭉치를 하나씩 얹어 집으로 날랐다.

지게질이 서툴렀지만 지게로 시집을 지어 나르는 발길

이 마냥 가뿐하고 즐거웠다. 우리 집 마루가 시집으로 가득했다. 그만 세상에 다시없는 부자가 된 듯한 그런 느낌이었다. 짐 뭉치를 막 풀어 처음으로 만든 시집을 넘겨보고 있을 때, 뒷집에 사는 성운이란 이름의 중학생 아이가 우리 집에 놀러 왔다.

"큰형, 이거 무어예요?"

성운이는 막내 여동생과 동창이라서 나를 큰형이라고 부르는 아이다.

"내가 만든 시집이야."

나는 시집 한 권을 빼내어 자랑스러운 마음으로 성운이에게 건넸다. 한참 동안 시집을 뒤적거리던 성운이 입에서 엉뚱한 말 한마디가 튀어나왔다.

"형, 이 책은 빈 곳이 많아서 연습장으로 쓰면 좋겠네요."

어쩌면 그것은 성운이로서는 당연한 말이었을지 모른다. 한 번도 시집이란 것을 보지 못했을 테니까 말이다. 그러나 나는 어린 중학생이 하는 말인데도 많이 그 말이 서운한 생각이 들었다.

성운이가 마루 끝에 앉아서 시집을 계속 뒤적거리고 있을 때 안방에서 바느질을 하고 계시던 어머니에게 시집 한 권을 드렸다.

"어머니 이 책이 제가 이번에 낸 첫 번째 시집입니다."

어머니는 한참 동안 시집을 읽어보신 뒤, 반짇고리에 있는 조그만 주머니에서 돈을 꺼내주시면서 말씀하셨다.

"태주야, 내가 네 시집을 첫 번째로 사주마."

시집 뒷면에 정가로 찍힌 칠백 원. 얼마 되지 않는 돈이지만 그 돈이 얼마나 내게 크나큰 용기를 주는 돈이었던가. 첫 시집 『대숲 아래서』는 어머니를 소재로 삼은 시들이 여러 편 들어 있다. 그때 어머니가 그 시들을 읽고 나에게 시집 값을 주셨는지 아닌지는 아직도 모를 일이다.

어머니 치고 계신 행주치마는

어머니 치고 계신 행주치마는
하루 한 신들 마를 새 없어,
눈물에 한숨에
집 뒤란 솔밭에 스미는
초겨울 밤 솔바람 소리만치나
속절없이 속절없어……

봄 하루 허기진 보리밭 냄새와
쑥죽 먹고 짜는 남의 집 샛베의
짓가루 냄새와 그 비린내까지가
마를 줄 몰라, 마를 줄 몰라.

대구로 시집간 딸의 얼굴이
서울서 실연하고 돌아와 울던 아들의 모습이

눈에 박혀 눈에 가시처럼 박혀

남아 있는 채,

남아 있는 채로……

이만큼 살았으면

기찬 일 아픈 일은 없으리라고

말하시는 어머니, 당신은

오늘도 울고 계시네요.

어쩌면 그렇게 웃고 계시네요.

행복은 어디에서 오는가?

행복, 어렵게 생각할 이유가 하나도 없다. 행복은 좋아하고 즐기는 때에 온다. 공자는 다음과 같이 말했다.

知之者 不如好之者지지자 불여호지자

好之者 不如樂之者호지자 불여락지자

—『논어』 옹야편

공자는 무려 이천 년 전에 현대를 살아가는 우리에게 살아갈 길을 말했다. 이천 년 전에 살던 공자가 21세기를 사는 우리에게 이런 삶을 살라고, 이렇게 살면 된다고 권유하고 있는 것이다.

공자의 권유는 '아는 사람은 그것을 좋아하는 사람만 못하고, 좋아하는 사람은 즐기는 사람만 못하다'라는 뜻이다. 이는 우리 삶에서 가장 기본적인 것이고, 행동하기 아주 쉬운 일이다.

그런데 지금 우리에게는 '락자樂者' 즉, 즐기는 인생이 없다. '호자好者', 좋아하는 인생 또한 낡은 담벼락처럼 무너지고 있다. 지금 우리는 오로지 '지자知者', 아는 인생으로서만 평가받고 있고, 서로 경쟁하고 살고 있다.

그러한 모습을 볼 때마다 안타까운 마음이 든다. 밥 먹는 것도, 일하는 것도, 이야기하는 것도 즐거운 하루는, 그 인생이 성공한 것이다.

즐기는 일은 함께해도 되지만 일단 혼자서 하는 일이다. 혼자서 할 수 있다는 말은 마음만 먹으면 스스로 할 수 있다는 말이다. 좋아하고 즐기는 일은 혼자서 하다 보면 자연스럽게 만족과 자존감이 나오게 돼 있다.

나는 글을 잘 쓰는 사람이 아니다. 단지 글쓰기를 좋아해서 여기까지 온 사람이다. 내가 사람들에게 이름이 알려지기까지는 정말로 오랜 시간이 필요했다. 시 쓰는 것을 즐겼기에 여기까지 왔다.

인생도 마찬가지다. 직장을 잡더라도 적성에 맞고 좋아하는 일을 하는 사람이 행복하고 결국 성공한다. 돈이나 성공만 바라거나 또는 잘 되는 곳만 쫓아가는 사람은 아무것도 못 하게 돼 있다.

가장 쉽고, 우리가 스스로 할 수 있는 '락자', '호자'의 인생을 건너뛰고 가장 하급이라고 말하는 '지자'의 수준에 머물러 있을 때 인생은 팍팍하다. 물론 아는 것, 지식을 쌓는 것이 중요하지 않다는 이야기가 아니다.

그럼에도 불구하고 그 위에 '좋아한다'는 정서적이고 인간적인 관념이 덧입히지 않는 한 이 '지자'로서의 삶은 매우 삭막하고 힘들고 끝에는 불행할 수밖에 없다.

우리가 행복하지 않은 건, 기쁜 일이 없어서다. 행복하기 위해서 그럼 무엇을 기뻐해야 할까. 작은 일, 작은 것부터 소중하게 생각하면 된다. 행복 앞에는 기쁨이 있다. 기쁨 앞에는 만족이 있고, 만족 앞에는 감사가 있다. 우리가 누리고 있는 것에 감사하고 기뻐할 때 행복은 여지없이 온다.

밥 먹을 때, 그 밥을 먹을 수 있음에 감사하면 기쁠 수밖에 없고 행복이 온다. 걷는 것, 하늘 볼 수 있는 것, 버스 탈 수 있는 것, 퇴근하고 돌아올 집이 있음을 감사해보자. 그것이 곧 기쁨이요, 행복이다.

우리는 서로 기뻐해야 한다. 그리고 기뻐하도록 노력해줘야 한다.

나는 늙어서 더 행복하다. 젊었을 때는 아주 많이 불행하다고 생각했다. 불행한 게 아니라, 불행하다고 생각했다. 지금 나는 행복한 것이 아니라 행복하다고 생각한다.

그래서 말하고 싶다. 행복도 연습이다. 행복도 학습이다. 저녁때, 돌아갈 집이 있다는 것, 외로울 때 혼자서 부를 노래 있다는 것……. 그것을 연습하고 학습하고 깨달을 때, 행복은 비로소 자기 것이 된다.

우리 인생, 사실 뭔지 모르고 산다. 인생을 알고 사는 사람, '인생은 이것이다', 정의 내리고 사는 사람, 그런 사람은 없을 것이다. 나는 '인생은 무정의 용어다'라고 생각한다. 정의 없이 그냥 들어가는, 그런 것이 바로 인생이라고 생각한다. 정의할 수 없는 인생, 그것에서 작은 일에도 감사하고 기뻐하고 행복할 수 있는, 그런 인생이 성공한 인생이다.

힘들고 어렵고 지친 그런 상황에 있다 하더라도 귀한 인생, 아름다운 인생을 살아보자. 지금 우리는 행복을 손에 꽉 쥐고 있다. 힘주려고, 싸우려고, 잔뜩 긴장해서 주먹을 쥐고 있기 때문에 행복을 볼 수 없다. 힘을 풀고 손바닥을 펴면 그 행복이 보인다.

날마다 이 세상 첫날처럼

중환자실에서 누워 있을 때, 나 몰래 장례 치를 채비를 할 정도로 나는 죽은 목숨이었다. 그래서일까. 병원에 입하기 전의 나와 지금의 나는 다른 사람이다. 두 번 사는 인생, 내가 보는 세상과 사물은 날마다 새롭게 반짝인다.

이제는 날마다 최선을 넘어서 이 세상 첫날처럼 산다. 그리고 날마다 이 세상 마지막 날처럼 정리하면서 살고 있다. 섭섭함을 버리고 억울함을 버리고 모든 욕망까지 버리며 살기. 구체적 목표라면 날마다 밥 안 얻어먹고 욕 안 얻어먹기.

이제는 내가 죽는 날이 따스한 봄날이면 좋겠다는 그런 소망은 없다. 다만 아내가 곁에서 지켜봤으면 좋겠다. 울지는 말고 조그맣게 찬송가를 불러주었으면 좋겠다. 그때는 내가 두 번째 죽는 날. 결코 꿈꾸듯 잠자듯 죽기를 바라지 않는다. 될수록 정신을 똑바로 차려야지.

‘아, 내가 이제 죽는구나!’ 그런 생각을 하면서 곁에 있는 사람들에게 마지막 인사를 나눌 것이다. 나 먼저 간다. 잘 살다가 오너라. 그동안 참 좋았다. 고마웠다. 잊지 않으마. 그런 말을 하며 떠나고 싶다.

이런 마음을 먹을 수 있었던 것은 병원에 제 발로 찾아가 중환자실에 입원했을 때부터였다. 물론 그때는 몰랐다. 달라질 것이라는 사실을 말이다. 날마다 세상이 반짝이게 보일 때까지 길고 긴 시간이 필요했다.

중환자실이란 공간은 아주 특별한 곳이다. 외부와 접촉이 극도로 차단되어 환자 가족이나 문병객들에게도 함부로 접근이 되지 않는 공간이다. 삶과 죽음이 경각에 달려 있는 위험한 환자들만 들이는 병실이라 그럴 것이다.

중환자실은 하루 스물네 시간 동안 불이 꺼지지 않는다. 불빛이라도 조도가 아주 높은 불빛이다. 오래 지내다 보면 낮인지 밤인지 분간이 도무지 안 된다.

중환자실 환자의 왼팔과 오른팔에는 기계가 달리고 주삿바늘이 꽂혀 있다. 그야말로 사로잡힌 짐승 꼴이다. 자력으로 용변이 해결 안 되는 환자를 위해 기저귀가 채워지기도 했다.

내가 생각할 때는 중환자실에서의 치료나 간호라 하는 것은 주사와 약과 기계에 환자의 모든 것을 맡겨버리고 방

임하는 거나 마찬가지였다. 중환자실에서는 간호사들의 힘이 막강해 보였다. 간호사 한 사람이 환자 두 사람을 보살피게 되어 있는데 규율이 엄격했다.

때로 환자를 너무 혹독하게 함부로 다룬다 싶은 생각이 들 때도 없지 않았다. 특히 병실을 책임지는 간호사의 말 한마디에 모든 일이 통제되는 듯싶었다. 조그만 실수 하나도 용납되지 않았고 환자의 요구도 쉽게 받아들여지지 않았다.

나는 일주일 동안 중환자실에서 한숨도 잠을 자지 못하는 환자였다. 두 눈에 불을 켠 밀림의 짐승처럼 으르렁댔다. 육신의 아픔도 그렇거니와 한 번 잠들면 영영 그 잠에서 깨어나지 못할 것만 같은 불안감이 계속됐다. 어떻게든 살아서 그 방을 나가고 싶었다. 그것만이 간절한 소망이었다. 오직 끝까지 버텨야 된다는 일념. 그러려면 잠이 들어서는 안 되는 일이었다. 딴에는 그 길밖엔 딴 방법이 없었다.

중환자실 환자들은 대부분 의식이 없다. 나는 끝까지 의식의 줄을 놓지 않았다. 의식이 있는 사람에게 중환자실은 지옥과 같은 곳일 수밖에 없었다.

가족이 면회 오기만 하면 중환자실에서 제발 나갈 수 있게 해달라고 졸라댔다. 그러나 요청은 쉽게 받아들여지지 않았고 중환자실에서의 날들이 길어졌다. 내 몸 상태가 매우 위태했기 때문이다.

병원 측에서나 가족 측에서 나를 중환자실에서 데리고 나오는 일이 안심이 되지 않았을 것이다. 전신이 갑작스러운 황달로 노랑 은행잎 빛깔로 변했다고 한다. 두 눈빛 또한 그랬다고 한다. 그건 내가 보아도 조금은 알 것 같았다.

거울을 볼 수 없는 환경이었으므로 내 얼굴을 내가 볼 수는 없었지만 다리나 팔뚝의 환의를 걷어보면 붓으로 노랑 물을 칠해놓은 듯 얼룩얼룩했다. 복강으로 흘러내린 담즙과 췌장액으로 하여 장기가 부어올라 폐가 오그라드는 바람에 호흡이 힘겨울 때도 있었다.

이 같은 사실도 나중에 안 일이고 그 당시는 그저 숨 쉬기가 힘들고 힘들 뿐이었다. 짧게 끊어서 몰아쉬는 숨에 불과했다.

이런 모습을 본 어떤 면회객이 '나태주가 그렇게 한꺼번에 무너질 줄은 몰랐다. 참담한 모습이더라'고 말하기도 했다고 한다. 누가 보아도 나는 회생될 가능성이 없어 보이는 환자였다.

그렇게 중환자실에서 지내기를 일주일하고도 반나절. 중환자실에서 지내는 동안 험한 꼴도 더러 보았다. 나 역시 죽을 둥 살 둥 뒹굴며 소리 지르는 환자 가운데 하나였지만 나 말고도 소리 지르는 환자들을 수없이 보았고 금방 운명하는 사람들도 여러 차례 목격했다. 그럴 때마다 겁이 나고 오그라든 가슴이 더욱 오그라드는 듯 긴장되곤 했다.

오로지 가족들이 면회 오는 시간만이 해방의 시간이었고 희열의 시간이었다. 면회 시간은 하루 두 차례. 오전 열한 시 삽십 분과 오후 일곱 시. 각각 삼십 분씩. 일분일초가 아깝고 귀중한 시간들이었다.

아내는 면회 올 때마다 늘 웃는 얼굴로 와선 좋은 말, 희망적인 말을 해주었고 가끔은 자기 볼에다가 내 볼을 비벼주기도 했다. 그럴 때마다 속으로 '이 사람 집에서도 하지 않던 짓을 다 하는구나.' 싶은 생각을 하곤 했다.

아들아이의 도움도 컸다. 시시각각 혼미한 정신과 고통스러운 육신을 견디다 보니 전신이 다 쑤시고 아팠다. 나는 아들아이가 올 때마다 전신을 주물러달라고 부탁했다.

아들아이는 힘센 팔뚝과 억센 손으로 혼신의 힘을 다하여 주물렀다. 그럴 수 없이 시원한 느낌이었다. 조금쯤 오그라든 몸이 풀리고 혼미한 정신이 진정되는 듯싶기도 했다.

나중엔 오직 아들아이가 면회 오는 시간만 기다리며 순간순간 고통의 시간을 견디고 버텼다. 아들아이를 기다리는 맘으로 눈을 벽시계에서 뗄 수가 없었다. 아들아이가 오직 구원의 사도처럼 느껴졌다. 면회 시간이 되어 저만큼 아들아이가 걸어오면 번번이 마음이 지레 먼저 달려 나가 아들아이를 맞이하고 있었다. 어떤 날은 오후 열한 시가 오전 열한 시인 줄 알고 왜 아들아이가 면회를 오지 않는가 걱정하며 아주 많이 기다린 적도 있었다.

그렇게 중환자실에서 고군분투하고 있는 동안 병실 밖에서도 범상치 않은 일들이 벌어졌다고 한다. 중환자실에 들어간 지 엿새째. 사진 촬영 결과나 검사 수치들이 점점 나빠지기 시작하더니 몇 가지 급한 대로 조치를 취했음에도 불구하고 결국은 최악의 사태에 도달하고 말았다는 것이다.

담당 의사는 가족들을 불러 최후의 일을 통첩했다고 한다. 이대로 가면 삼사일 내로 호흡 곤란이 오고 그러면 산소 호흡기를 씌워야 하고 그러다가 다시 삼사일이면 숨이 멈추게 될 것이니 그다음 일을 준비하는 것이 좋겠노라고. 그 당시로선 도저히 다른 해결책이 없었다고 한다.

아내가 몇 차례 까무러치고 가족과 지인들에게 급히 소식이 전해지고……. 여기저기서 면회객들이 찾아오기 시작했다고 한다. 어떤 날은 쉰 명 정도의 면회객이 몰려 비상대책회의 같은 것을 하는 바람에 중환자실 밖은 초상집 분위기를 방불케 했다고도 한다.

중환자실에서 보낸 이레째 되는 밤, 아주 많은 면회객이 줄을 지어 병실로 들어왔다. 짧은 시간에 한 마디씩 말을 놓고 그들은 나가곤 했다. 어떤 경우엔 두세 명이 들어와 내 팔과 다리를 주무르고 가기도 했다. 그윽하게 말없이 바라만 보다가 나가는 사람도 있었다.

내게 무언가 아주 중요한 일이 일어나고 있는 게 아닐까, 아슴푸레 생각이 떠올랐다. 왜 그토록 사람들마다 나에게 잘해주는 것인지, 누워 있는 나를 향해 몸을 기울였다 폈다 하는 것이 꼭 나에게 경배를 하는 것처럼 느껴졌다. 마치 둥그스름한 풀밭에 비스듬히 누워 있는 듯한 느낌이 들었다. 결코 기분이 나쁘지 않았다.

그날 밤엔 아내도 좀 이상한 말을 했다. 손자를 낳게 되면 이름을 뭐라 지어야 할 거냐며 아들과 딸, 두 아이에게 하나씩 손자 이름으로 쓸 이름을 미리 지어달라는 주문이었다. 마땅한 글자가 도저히 떠오르지 않아 어렵다고 말했다. 그래도 아내는 거듭 요구했다. 겨우 한자로 믿을 신信자 하나가 떠올라 '신'이라 하라고 말해주었다. 그밖엔 아무런 글자도 떠오르지 않았던 것이다.

"최신? 최신, 이름이 좀 그렇다."

사위가 최씨 성을 가진 사람이었으므로 내가 지어준 신이라는 이름에다가 최씨라는 성을 맞춰보고 아내가 하는 말이었다. 그런 뒤에도 아내는 다시 적당한 이름이 없느냐 말하면서 볼펜과 종이를 대주면서 거기에 써보라고 했다. 그러자 병원에서 나간 다음에 할 일을 가지고 왜 이렇게 힘들고 몸이 아플 때 굳이 그러느냐 짜증스럽게 대꾸했던 것 같다.

사실 그것이 의식을 놓기 전에 유언이라도 받아두라는 주위 분들의 권고에 따라 아내가 에둘러 유언 대신으로 요구한 것인데 그걸 짐작조차 못했던 것이다.

더구나 나 자신이 패닉 상태에 빠져들고 있음을 짐작하지 못하고 있었다. 몸 어느 부분이 아픈 것인지 꼭 집어서 알 수 없을 정도로 고통이 심했다. 일분일초, 순간순간 끊임없이 죽을 것만 같았다.

그러나 나는 또 순간순간을 포기할 수 없었다. 그래서 두 주먹을 부르쥐고 두 눈을 치뜨고 천장을 노려보면서 무엇인가 맞서는 각오로 버텼다.

육체는 인간의 정신과 혼의 집이다. 그러나 나는 일주일 동안 육체를 포기하고 오로지 정신만 붙잡고 견뎠다. 그렇게 혼미한 상태 속에서도 영혼이 육체를 떠나지 않았던 건 놀라운 일이다.

한시도 눈을 떼지 않고 바라보는 중환자실 천장에는 여러 가지 글자들이 나타나 보였다. 그 글자들은 그냥 선명하게 보이는 글자가 아니라 얼룩얼룩한 무늬 사이에 숨어 있는 글자들이었다.

그 글자들은 가끔은 단어로 되어 있기도 했다. 사람 이름이기도 했고 지명이기도 했다. 예를 들면, 내가 살고 있는 공주의 여러 지명인 '금학동'이라든지 '유구'라든지 그런 글자들이 어른거려 보였다. 아니, 보였다가 사라지곤 했다. 나는 그 글자들을 찾으며 지루한 시간을 견뎠다. 가끔은 간호사에게 천장에 무슨 글자가 저렇게 많이 써 있냐고 물었다가 쓸데없는 소리를 한다고 핀잔을 듣기도 했다.

그날 밤 유난히도 많은 면회객도 실은 내가 죽기 전에 마지막 얼굴이라도 보자고 온 사람들이었던 것이다. (물론 당시 나는 그것을 알지 못하고 지냈다.) 그날 밤 면회객 가운데는 눈물을 보이는 면회객도 여럿 있었다. 유준화 시인, 김현주 시인, 전주호 시인 같은 이들이 눈물을 보인 것 같은데 그 가운데에서 엉엉 소리를 내어 울다가 간 사람은 구재기 시인이다.

그는 안경을 벗어들고 눈물을 손등으로 훔치면서까지 울었다. 오랜 세월 가까이 지내면서 문학의 길을 함께 걸어온 동지였던 그가 왜 그렇게 우는지 이유를 쉽게 짐작하지 못했다.

"선생님, 이게 웬일이시래유……"

구재기 시인은 충청도 사투리 특유의 느린 발음으로 말하면서 울고 있었다.

"이봐, 구 선생. 왜 그래? 울지 마. 우리는 형제야. 걱정하지 마."

왜 거기서 형제란 말이 불쑥 튀어나왔을까? 나는 오히려 구재기 시인을 마주 안아주면서 토막토막 끊어지는 말로 그를 위로하고 있었다.

그날 밤에 아버지와 첫째 남동생 내외, 둘째 누이 내외, 처남들, 새여울 동인들, 금강시마을 회원들, 공주나 대전의 문인들, 그리고 서울에서 내려온 윤효 같은 이들이 다녀갔다. 줄잡아 스무 명 가까웠다. 나중 듣기로 이준관 시인, 내 시를 가지고 석사학위 논문을 쓴 송영호 사장 같은 이들도 소식을 듣고 급히 달려와 병실 밖에서 오래 기다리다가 돌아갔다고 했다.

그다음 날, 그러니까 3월 8일 해 저물 무렵에 중환자실을 빠져나올 수 있었다. 그건 몸의 상태가 호전돼 그런 것이 아니었다. 병원 측에선 이미 포기한 상태인 데다가 가족들이 애타게 요구해서 중환자실에서 나오는 걸 허락했다는 것이다.

생의 마지막 시긴 얼마간이라도 가족하고나 원 없이 보내라는 담당 의사의 배려였다. 여기에는 또 아들아이의 결단이 강하게 작용했다. 의사의 진단을 듣고 아내가 제일 먼저 포기하고 딸아이까지 포기했지만 아들아이만은 끝까지 애비의 목숨을 포기하지 않았다는 것이다.

의식이 있고 눈동자도 또렷한 사람이 어찌 그렇게 쉽게 죽을 수 있겠느냐는 것이 아들아이 생각이었다 한다. 그건 무모한 신념이었는지도 모른다.

그 무모한 신념이 끝내 나를 중환자실에서 나오게 해주었고 또 내 생명을 천천히, 그리고 조금씩 나아지는 쪽으로 밀고 나가는 원동력이 되었다. 아들아이가 한 일이지만 참으로 감사한 일이었다 할 것이다.

침대차에 실려 병원 13층의 2인 병실로 옮겨졌을 때, 어슬어슬 땅거미가 내리기 시작했다. 얼마 만에 만나는 저녁 시간이고 또 어둠이었던가!

오랜만에 만나는 어둠이 그렇게 반가울 수가 없었다. 어둠 속에 평화와 안식이 기다리고 있다는 생각이었다.

어둠도 때로는 광명이고 해방이었다. 또 얼마나 보고 싶었고 함께 있고 싶었던 가족들인가! 아들아이가 옆에 있었고 딸아이도 있었다. 조금 뒤에 아내의 얼굴도 보였다. (내가 중환자실에서 나와 2인 병실로 옮겨지던 그 시간대에 아내가 또 한 차례 까무러쳐 응급실에서 주사를 맞고 있었다고 한다.) 나는 아내를 보자마자 두 손을 모아 싹싹 비비며 말했다.

"여보, 고마워, 고마워. 여보, 여보, 무서워. 무서워."

그건 중환자실에서 빠져나온 안도의 춤사위 같은 것이었다. 그때부터 나는 몸을 부리고 마음 놓고 앓을 수가 있었다.

우리가 사랑에 대해 말할 때

우리가 사랑에 대해서 말할 때 좀 더 고상한 정신적 가치들과 연결해 설명하고 싶어 한다. 희생이라든가 봉사, 선행이라든가 연민과 같은 덕목들. 그러나 사랑이라는 것은 보다 우리네 삶과 가까운 것이고 흔한 것이고 낮은 것이고 친근하다.

사랑은 큰 것이 아니라 지극히 사소하다. 다만 사랑은 우리에게 필요한 것이다. 그야말로 사랑은 공기와 같은 것이고 밥과 같다. 그래서 사랑은 우리 마음의 옷과 집이 되어주기도 한다.

흔히 사람들은 사랑은 주는 것이라고 말하고 싶어 한다. 하지만 이 대목에서도 내 생각은 다르다. 사랑은 어디까지나 받는 것이 기본이다. 어찌 주는 사랑이 행복할 수 있고 만족할 수 있겠는가. 인간은 무엇인가를 받을 때 기쁘고 행복해진다. 이는 마치 물동이에 물을 채워야만 넘치는 이치와 같다. 채운 물도 없이 넘치는 물동이는 없는 것이다.

사랑은 소유 개념이 아닌 사용 개념이다. '저 여자는 내 것'이 아니라 '언제든지 바뀔 수 있다'는 뜻이다. 사랑은 늘 가변적이다. 예쁘지 않은 것을 예쁘게 봐주고 좋지 않은 걸 좋게 봐주며 싫은 것도 잘 참아가는 게 사랑이다.

또한 오늘만이 아닌 나중까지 이러는 게 사랑이다. 행복은 내 안에 있다. 남이 주는 게 아니라 내가 찾아내는 것이다. 가까이 있고, 흔하고 오래되고 값싸고 작은 것을 아끼고 사랑하는 게 행복이다. 인생, 사랑, 행복 중에 행복이 가장 구체적이고 쉽다.

인간만이 아니다. 모든 생명체는 동물이나 식물에 이르기까지 다른 생명체로부터 사랑받기를 소망한다. 사랑받기를 원하지 않는 생명체는 이 세상 어디에도 없다. 그러므로 우리는 다른 생명체를 사랑해야 한다. 쉴 새 없이 끊임없이 사랑해야 한다. 아낌없이 사랑을 줘야 한다.

사랑을 받아본 사람만이 사랑을 줄 수 있다는 사랑의 등식이 이쯤에서 열리게 된다. 어디까지나 사랑은 일방통행이 아니다. 그것은 대화요, 시소게임이요, 어울림이다.

내 일생의 모든 사랑 가운데서두 가장 귀한 사랑은 어린 시절 외할머니로부터 받는 사랑이다. 동네 아이들한테

따돌림당하고 울먹이며 집으로 돌아왔을 때, 땅거미 지는 마당가에서 냉갈내 나는 부엌에서 행주치마에 물 묻은 손을 닦으며 맞아주시던 외할머니의 손길보다 더 포근하고 부드러운 사랑이 어디 있으랴.

내게 사랑은 외할머니 행주치마에서 묻어나던 비린내보다 결코 더한 것이 아니다. 다 자란 뒤에도 외할머니는 나더러 '아이기'라고 불러주셨다. 가을날 어쩌다 찾아가면 어김없이 물렁감을 마련해뒀다 꺼내주시곤 했다.

인생에서 가장 행복한 순간이 언제였냐고 묻는다면 나는 누군가를 사랑했을 때라고 답한다. 누군가를 진심으로 사랑하게 되면 애달프다. 슬프다. 그럼에도 불구하고 사랑했던 기억은 늘 좋게 남는다. 인생에서 가장 소중하다.

어느 노시인이 말했다. 누군가를 사랑했던 기억보다 누군가에게 사랑받았던 기억이 더 오래 남는다고. 내가 누군가를 사랑했다면 분명 사랑받은 사람은 나를 기억할 것이다. 인생은 결국 기억으로 남는다고 했다. 그게 자식이었든, 친구였든, 이성이었든 누군가에게 나는 의미 있는 사람으로 오래 남게 될 것이다.

다시 한번 사랑은 오로지 받는 것이다. 아니다. 무조건 주는 것이다. 하지만 나는 내 어린것들에게 외할머니가 나에게 그랬던 것처럼 그러지를 못했다. 외할머니한테 배운

대로보다는 아버지가 보여준 대로 흉내를 내다 그렇게 됐
다. 그것이 오늘에 이르러 나를 한없이 부끄럽고 후회스럽
게 만든다.

좋은 때

언제가 좋은 때냐고
누군가 묻는다면
지금이 좋은 때라고
대답하겠다

언제나 지금
바람이 불거나
눈비가 오거나 흐리거나
햇빛이 쨍한 날 가운데 한 날

언제나 지금은
꽃이 피거나
꽃이 지거나
새가 우는 날 가운데 한 날

더구나 내 앞에

웃고 있는 사람 하나

네가 있지 않느냐.

일흔이 넘어도 사랑은 언제나 서툴다

나는 사랑을 제대로 하지 못해서 사랑 시를 쓰고 있다. 사랑을 완전하게 해봤다면 사랑 시를 쓰지 않았을 것이다. 사랑에 대한 미흡함, 그리움, 호기심이 있어서 쓰고 있다.

그럼에도 나에게 사랑이 무어냐고 묻는다면 '사람을 살아가게 하는 에너지'라고 말하고 싶다. 그래서 나는 사랑 시를 쓴다. 그런데 일흔이 넘어도 사랑은 언제나 서툴다. 나의 시 「사랑은 언제나 서툴다」에 그 마음이 고스란히 담겨 있다.

서툴지 않은 사랑은 이미
사랑이 아니다
어제 보고 오늘 보아도
서툴고 새로운 너의 얼굴

낯설지 않은 사랑은 이미

사랑이 아니다

금방 듣고 또 들어도

낯설고 새로운 너의 목소리

어디서 이 사람을 보았던가……

이 목소리 들었던가……

서툰 것만이 사랑이다

낯선 것만이 사랑이다

오늘도 너는 내 앞에서

다시 한번 태어나고

오늘도 나는 네 앞에서

다시 한번 죽는다.

—「사랑은 언제나 서툴다」 전문

    나이가 들면 귀가 어두워지고 보청기를 껴야 할 때가
있다. 보청기는 소리를 증폭시켜주기 때문에 보청기를 끼
면 시끄러워서 못들을 정도로 엄청나게 많은 소리를 듣는
다고 한다. 하지만 대화를 나눌 때는 상대방 소리에 집중
하게 된다.

우리가 사람 많은 카페에서 대화를 나눌 때, 굉장히 많은 소리를 듣는다. 하지만 상대의 말에 집중하면 주변 소리가 조용하다고 생각하게 된다. 이렇게 인간은 원래 보고 싶고 듣고 싶은 것만 보고 듣는다. 여기에 특별히 들어간 게 사랑이다.

서툴지 않으면 사랑이 아니다. 사랑은 능숙한 게 아니다. 사랑은 언제나 처음이기 때문에 매일 만나는 사랑하는 사람을 사랑하더라도 어제도 오늘도 내일도 서툴다. 사랑은 늘 서투르고, 짝사랑이며, 늘 첫사랑이다.

사랑은 서툴기 때문에 때론 아프다. 젊은 날의 사랑은 한쪽만 바라보고 직진한다. 그래서 좌절할 때가 많다. 그럴 때는 뒤를 돌아보자. 인생을 뒤흔들 그런 사랑이 그 자리에서 지켜보고 있을 수도 있으니까. 하지만 잘 안 될 것을 안다. 나도 그랬으니까. 괜찮다. 사랑 앞에 조급할 필요 없다.

젊은 시절에는 관능적인 사랑인 '에로스Eros'에 집중하게 된다. 상대를 내 영역에 두려는 불같은 사랑. 여기에 친구나 동료, 인간에 대한 사랑인 '필리아Philia'를 더하길 권한다. 그러면 세상이 달리 보인다. 주변을 둘러보면 사랑밖에 없으니까 말이다. 사랑하게 되면 서로 존중하고, 존중하면 사람에게 상처받을 일이 없다.

아내와 나는 오십 년 가까이 살았다. 온갖 일이 다 있었다. 가난한 날도 있었고, 힘든 날도 있었고, 아이가 태어나 눈물 나게 행복한 날도 있었고, 주름이 늘고 병원에 입원해서 서로가 없다는 사실이 얼마나 슬픈 일인지 깨달은 날도 있었다.

지금 아내와 나는 필리아, 친구 같은 사이가 됐다. 지금 사랑이 젊었을 때보다 더 좋다. '사랑'이란 영역 안에 서로를 가두는 것보다 적당한 거리를 둬서 사랑을 해보자. 그러면 아픔과 슬픔도 적당해진다.

오늘도 우리는 서툰 사랑을 하고 있다. 그 서툰 사랑을 응원한다.

아들과 아버지

중환자실에서 나와 2인 병실로 옮겨지고 가족들 곁으로 돌아온 뒤 거의 정신을 내려놓고 앓았다. 몸을 부리고 나니 더욱 고통이 배가 되는 것 같았다. 처음 병실에 든 날은 얼마나 요란스럽게 굴었던지 먼저 들어온 옆자리의 환자가 끝내 침대를 버리고 병실 밖으로 나가 휴게실에서 밤을 지새워야 했을 정도다.

그 환자가 퇴원한 뒤로는 아예 아내가 내 옆 침대를 차고 누워 있게 되었다. 본래는 한 병실에 남녀 환자가 혼성으로 들지 못하도록 되어 있는데 우리 가족을 위해 병원 측에서 특별히 그렇게 하도록 배려한 것이라 했다. 말하자면 병실 하나를 통째로 우리 가족의 방처럼 내줘버린 것이었다.

여전히 나는 잠을 이루지 못하는 환자였다. 잠시도 침대에 누워 있지를 못했다. 일어났다가 다시 눕고 다시 일어나기를 반복했다. 낮 시간보다는 밤 시간이 더욱 증상이 심했다. 그 시간에 아들아이가 침대 곁을 지켜주었다.

아들아이는 그 무엇이든 내가 요구하는 것을 거절하지 않고 들어주었다. 몸은 여전히 고통스러웠지만 마음은 점점 평정을 찾아가고 있었다. 그러나 여전히 열이 높았다. 아들아이는 냉장고 냉동실에 얼린 물수건으로 머리를 식혀주고 가글액을 만들어 입안을 헹구도록 했다. 처음부터 금식 조치가 내려졌으므로 가글액도 목구멍으로 넘어가면 안 되는 일이었다.

적당한 온도로 맞춰 아들아이가 만들어준 가글액만이 갈증과 통증을 감소시켜주는 데 효과가 있는 것 같았다. 아들아이가 몸을 주무르는 것과 함께 가글액이 오로지 위로가 되어주었다. 누워 있을 때는 빨대를 입에 물려주기도 했다. 그러면 잠시 가글액을 빨아들였다가 뱉어내곤 했다.

물을 받아내는 그릇이 여러 차례 비워지고 하룻밤 사이 물티슈와 마른 화장지가 한 통도 모자라 두 통째 쓰이고 있었다. 쓰레기통 또한 넘쳐나곤 했다. 뿌옇게 창문에 아침 햇살이 번질 때까지 그렇게 했다. 하루가 아니고 여러 날이었다.

그런 사이에도 면회를 오는 사람들이 가끔 있었던 모양이다. 엄마까지 몸져눕자 아들아이와 딸아이는 저희들

끼리 상의하여 면회 사절을 결정했다고 한다. 병실 문에 '환자 위중, 면회 사절'이란 문구를 써서 붙이고 아이들이 문지기처럼 문을 지키고 서서 면회객을 돌려보내기도 했다고 한다.

중환자실에서부터 나는 면회객을 보면 훌쩍훌쩍 울었다. 평소 정답게 지내던 면회객들을 보면 감정적으로 자극을 받을 것을 염려하여 아이들이 그리했던 모양이다. 심지어는 고향에서 오신 아버지나 학교 직원들이나 옛날 제자들까지 왔다가 그냥 돌아가기도 했다고 나중에 들었다. 참으로 두고두고 송구한 일이 아닐 수 없겠다.

그러나 면회가 완전히 두절된 것은 아니었고 한정적으로 허락되기도 했다. 가끔가다가 김상현 시인의 얼굴이 보이기도 했고 중환자실에 있을 때 면회 오지 못한 형제들 얼굴도 보였다. 큰누이 내외, 막내 남동생 내외, 막냇누이 내외들이 차례로 다녀갔다. 혼미한 정신으로 침대에 누워 형제들을 맞이하는 심정이 막막하기 그지없었다. 특히, 막냇누이를 만났을 때가 그러했다.

우리 내외는 막냇누이와 결코 나쁜 관계가 아니었다. 나쁠 만한 특별한 이유가 없었고 그 어떤 형제보다도 가깝다면 가까운 사이였다. 신혼 초 고향 집에서 고락을 함께한 유일한 형제가 막냇누이였다. 그런데 그동안 살아오면서 이런저런 가정일로 오해가 생기고 소원해진 사이가 되었다. 감정의 골이 깊어지고 나중에는 가족끼리 한자리 앉았을 때에도 말을 섞지 않을뿐더러 눈빛조차 스치지 않을 정도였다.

내게는 그 일이 마음의 옹이가 되어 있었다. 더욱이 내가 쓰러져 누워 가쁜 숨을 몰아쉬는 처지가 되어 만나게 되니 더욱 격한 감정이 생겼다. 막냇누이가 그동안의 감정의 찌꺼기를 걷어내고 우선적으로 찾아준 것만 고마웠다. 손윗사람으로서 옹졸하게 마음 쓴 일도 부끄러웠다.

'새가 죽으려 할 때는 그 울음소리가 애처롭고 사람이 죽으려 할 때에는 그 말이 착해진다(조지장사鳥之將死 기명야애其鳴也哀 인지장사人之將死 기언야선其言也善, 『논어』 태백편泰伯篇)'더니 내가 바로 그런 입장이었다.

"미안하다, 향난아. 오빠가 미안했다. 오빠를 용서해라. 이렇게 와 주어서 고맙구나."

"알았어요, 오빠. 제가 잘못했어요. 그동안 너무 잘못했어요. 몸도 편치 않으니 그만 말씀하세요."

내가 어린애처럼 소리 내 우는 바람에 막냇누이도 따라서 울었다. 또 이런 꼴을 곁에 있는 아들아이는 비판적으로 바라보았을 것이고 좀은 우스꽝스럽게 생각했을 테지만 나로서는 그런저런 앞뒤 사정 살필 처지가 아니었다.

그렇게 울면서도 가슴속 깊이 간직했던 무거운 돌덩이 하나를 내려놓은 듯 후련한 마음이 들었다. 이런 일들도 앓고 있는 나에게는 큰 도움이 되었다.

침대 머리맡에 몇 개의 팻말이 걸려 있었다. '금식/낙상주의/절대안정/CT촬영/내시경' 같은 문구가 새겨진 팻말들이었다. 그 팻말들은 줄에 연결되어 천장에 매달려 있었다. 가끔 흔들리기도 했다. 그 팻말들이 금방이라도 떨어져 내릴 것만 같은 불안감이 들기도 했다.

"윤이야, 저것들 모두 떼어버릴 수 없겠냐?"

"왜 저게 어때서요?"

"암만해도 저것들이 떨어져 내릴 것만 같아."

"걱정하지 마세요. 절대로 떨어질 염려가 없으니까요."

한참 동안 침묵이 흐른 뒤에 아들아이가 물었다.

"아버지, 저기 쓰여 있는 글씨가 무어예요?"

"응? 금식…… 낙상주의라 썼네."

"그럼 금식이 무어예요?"

"금식? 금식이라…….."

글자를 겨우 읽기는 했지만 금식이란 말의 뜻이 쉽게 떠오르지 않았다. '금식? 금식이 무엇일까?' 아무리 머리를 조아려 생각해보아도 그것이 무슨 뜻인지 모르겠다.

"아버지, 금식이 무어예요?"

아들아이가 대답을 재촉했다.

'그래. 금식이란 금고기란 뜻이 아닐까……'

"금식? 금식이란 금고기란 말일 거야"

나는 초등학교 시절, 국어 교과서에서 읽었던 「금고기」란 동화를 겨우 떠올리며 그렇게 대답했다. 거기까지밖에는 생각이 더 나아가지를 않았던 것이다.

"아버지, 금식이 뭐예요?"

아들아이는 똑같은 질문을 다시 던졌다.

"응, 그건 금고기란 뜻이야."

나는 이번에도 천연덕스럽게 그렇게 말했다. 아들아이는 더는 말을 시키지 않았다. 나도 더는 말을 하지 않았다. 밤은 깊어 아내가 누운 침대 너머 창문으로 저 멀리 밤거리의 붉은 간판들이 건너다보였다. 밤인데도 간판 불빛들이 참 환하기도 했다. 그날 밤에도 아들아이는 나와 함께 꼬박 밤을 지새우며 투정을 받아주고 있었다.

그렇게 사흘을 견딘 뒤 아들아이는 그만 코피를 많이 쏟았다고 한다. 그러나 아들아이가 나에게 보이지 않으려고 마스크를 하고 다니며 나에게 감기에 걸려서 그렇다고 말했다. 그러므로 나는 끝내 그런 사실조차 알지 못하고 지내야만 했다.

부탁 1

너무 많이 울지 말아요
서러워 말아요

엄마의 손에 이끌린 어린아이가
꽃길을 걸어와 꽃길을 잊어버리듯

이런저런 기억들을
부디 잊어버리기 바래요

눈물이나 슬픈 생각보단
아름다운 노래를 들려주어요.

이 얼마나 아름다운 세상인가

　내가 병을 이겨내고 다시 밖을 나섰을 때, 아는 사람들을 만나면 어김없이 나에게 들려주는 인사말이 있다.

　'살아줘서 고맙습니다.'

　전혀 의외의 인사말이다. 그 말을 들을 때마다 나는 내심 놀라곤 한다. 내가 병이 나 주위 사람들에게 걱정을 끼쳤고 신세를 졌고 염려하는 마음을 줬으니 이쪽에서 고맙고 미안하다고 해야 할 일인데 거꾸로 된 인사가 되고 말았다.

　마치 나를 만나면 그렇게 하기로 약속이라도 한 듯 사람들의 인사말은 일사불란하다. 남녀노소를 가리지 않고 지역의 원근遠近을 가리지 않는다. 나를 알고 있는 사람이라면 어김없이 그렇게 한다.

　팔순을 넘기신 부모님을 비롯하여 형제자매들, 가족이나 친지들은 물론이고 같은 아파트 주민들, 교회 식구들,

과거 같은 학교에서 근무했던 동료들, 문인들, 심지어는 아주 오래전에 내가 아이를 담임했던 학부형들이나 알음알음 내 이름을 기억하고 있는 사람들까지도 두 손을 모아 인사를 건넨다.

왜 내가 죽지 않고 살아 있는 것이 고마운 일이겠는가? 그만큼 그들이 나를 생각하고 사랑했다는 한 증거이지 않을까. 그들 마음속에 내가 밉지 않은 사람으로 자리 잡아서 그러지 않았을까. 아직은 그들에게 내가 필요한 사람이었다면 더더욱 그랬을 것이다. 참으로 고맙고 감사한 일이다.

그런 인사말을 전해 들을 때 나는 박하사탕을 입에 문 듯 가슴이 환해지기도 하고 양파를 씹은 듯 알싸해지기도 한다. 살아 있음이 이렇게 좋은 것이었구나. 새삼스러운 깨달음에 이르기도 한다. 살아 있음의 감사. 이보다 더 크고 좋은 감사가 어디 있겠는가.

윤효 같은 시인은 나처럼 해피엔딩으로만 끝날 수 있다면 한 번 그렇게 드라마틱하게 앓아보는 것도 좋을 거라는 말을 농담조로 들려주기도 한다.

언제까지 사람들이 나를 만나면 그렇게 인사할지 모른다. '살아줘서 고맙습니다.' 이건 한동안 내 삶의 등대다. 나에게 살아갈 힘을 줄 것이고 앞길을 안내할 것이다. 이런 데서도 나는 글 쓰는 한 사람으로서 언어의 숨은 힘을 실감하곤 한다.

살아줘서 고맙습니다

죽을병 걸려 반년
병원에 엎드려 있다가
구사일생으로 풀려나온 날
사람들은 나를 만날 때마다
살아줘서 고맙습니다
인사를 했다

왜 내가, 살려줘서 고맙습니다
그렇게 인사해야지 저쪽에서 거꾸로
살아줘서 고맙습니다
인사하는 걸까?
그때는 그것이 궁금했었다

지나면서 생각해보니

그렇게 생각할 수도
있는 일이구나 싶었다

같이 밥 먹어줘서 고맙습니다
사랑해줘서 고맙습니다
당신이 세상에 있어줘서 고맙습니다
내 옆에 있어줘서 고맙습니다

이 얼마나 좋은 세상인가
이 얼마나 아름다운 세상인가
이 얼마나 눈물겨운 세상인가
이런 세상
깨우쳐주셔서 감사합니다.

아버지가 아들에게 빚진 일

밤인 듯싶었다. 사방은 어둡고 쪽등이 어슴푸레 켜져 있는 듯 은은한 불빛이었다. 왠지 모르게 나는 스스로 팔목에서 링거 줄을 뽑아버렸다. 무언가 더는 견딜 수 없을 것 같은 마음 때문이었을 것이다. 그까짓 링거 주사를 맞는 일이 무슨 소용이랴 싶은 생각이었을 것이다. 안 그러면 고통이 극에 달해 그런 것으로나 고통을 이기고자 하는 반항적 행위였는지도 모르겠다.

급기야는 침대에서 내려와 간병인용 쪽침상에 벌러덩 드러눕기도 했다. 비닐 천으로 된 침상의 감촉이 무척 써늘하다는 느낌이 등에 왔다.

점점 기억력이 멀어지고 있었다. 다만 눈앞에 오락가락하는 아들아이와 단둘이서만 이 세상에 존재하는 듯한 느낌이 들었다. 세상의 문이 하나씩 닫히고 점점 고요해졌다. 육신의 고통도 점점 사라지는 듯싶었다. 세상은 오직 적막하기만 했다. 얼마나 시간이 흘렀는지 가늠이 가지 않는다. 다만 나 자신이 어디로인지 자꾸만 가고 있다는 것을 느꼈다.

아니, 그것은 보았다고 해야 옳은 것인지 모르겠다. 누워 있는 내가 있는가 하면 앞쪽으로 서서 나아가는 또 하나의 나를 분명히 느꼈으니까 말이다. 그건 하나의 느낌의 세계 같기도 하고 분명한 현실 세계 같기도 했다. 꿈인가 하면 또한 꿈은 아니었다. 어쩌면 그 모든 것을 한데 뭉뚱그려 놓은 그 어떤 낯선 세계였는지도 모르겠다. 어쨌든 어디로인가 자꾸만 앞으로 나아가고 있는 나 자신을 느끼고 있었다.

눈앞에 넓은 지평선 같은 것이 그어져 있었다. 위쪽보다는 아래쪽이 더 넓게 보였는데 위쪽은 동트는 새벽하늘처럼 훤했고 아래쪽은 검은 빛깔이었다. 무언가 검은 물처럼 고여 일렁이고 있는 것도 같았다.

수평선의 왼쪽에는 코끼리 무리 같은, 코끼리의 둥그스름한 등허리 같은 커다란 물체가 울룩불룩하게 솟아올라 출렁거리는 듯 커졌다가 작아졌다가 하고 오른쪽에는 미루나무 수풀같이 키가 크고 삐죽삐죽한 형상들이 여러 개 솟아올라 있었다.

지평선 가운데 부분만 원을 반쪽으로 잘라놓은 것처럼

(마치 각도기를 세워 놓은 것처럼) 둥그스름하게 열려 있었다. 흑백의 세상이었고 고요한 세상이었다. 나는 계속해서 앞쪽으로 걸어갔다. 어쩌면 엎드려 배를 바닥에 깔고 미끄러져 앞으로 나아가고 있는 것 같기도 했다.

점점 마음이 편안해지고 있었다. 이제는 더욱 사방이 고요해지고 오직 세상에 나 혼자만 있는 것 같은 느낌이 들었다. 의식의 앞쪽이 선명하고 뒤쪽이 아득했다. 이제 수평선 너머로 나아가기만 하면 되는 일이었다.

몸이 스르르 수평선 앞으로 미끄러져 나아가고 있었다. 내 마음도 그쪽 방향으로 나아가고 싶었다. 그렇게 앞으로 나아갈 때 편안한 느낌이 왔다. 이게 죽는 거구나 싶은 흐릿한 자각조차 남아 있지 않았다. 그 세계는 고요했고 육신의 고통도 없었고 마음 또한 평화롭기 이를 데 없었다. 일말의 후회 같은 마음의 찌꺼기조차 남아 있지 않았다. 정말로 깊은 적막과 휴식의 세계였다. 바로 그때, 아들아이가 부르는 소리가 들렸다. 다급한 목소리였다.

"아버지!"

그건 외마디 소리 같기도 하고 비명 같기도 했다. 아마도 아들아이가 육감으로 무엇인가를 감지하고 그러지 않았던가 모르겠다. 그러나 나에겐 메아리처럼 멀리서, 아주 멀리서 울려오는 것으로 들렸다.

저 아이가 왜 저러는 것일까? 처음 나는 아들아이가 부르는 것이 참 많이 귀찮다고 생각했다. 그냥 이대로 놓아 주었으면 좋겠다는 생각으로 그랬다. 더불어 앞으로, 앞으로만 나아가고 싶었다. 겨우 실낱같은 의식의 끄트머리를 붙잡고 힘겹게 생각했다.

'그래, 무언가 저 아이가 나에게 미처 다해주지 못한 중요한 말이 있는가 보다. 분명 내가 저 아이에게 해줘야 할 일이 있는가 보다.'

아주 천천히 그런 생각이 돌아오면서 나는 아이가 애타게 외마디로 부르는 말에 대답해야겠다는 생각이 들었다.

"아버지!"

아들아이가 나를 부르는 소리가 또 들렸다.

'그래, 나는 저 아이에게 미안했던 일이 너무나 많아. 지난해에는 가정적인 일로 아이와 크게 트러블이 있기도 했지. 그때 선뜻 져주었어야 하는데 그러지 못해 얼마나 미안한 일이었나! 어떻게든 미안한 마음을 줄일 수 있는 길이 있었으면 좋을 텐데. 나는 저 아이에게 빚진 일이 많아.'

"아버지!"

다시 아들아이가 부르는 소리가 들려오고 있었다.

'그렇다. 이제 저 아이의 부름에 대답을 해야 한다.'

"으응."

그건 아주 조그맣게 내는 신음처럼 들렸을 것이다. 그러나 나로서는 전신의 힘을 모아서 한 대답이었다. 대답하면서도 자꾸만 수평선이 있는 방향으로 미끄러져 나갔다. 그것은 어쩌면 그릇에 가득 담겨 출렁출렁 넘칠 듯 넘치지 않는 물과 같았다. 나 자신이 그런 느낌을 받았다. 아들아이가 또다시 다급하게 불렀다.

"아버지!"

"으응."

그렇게 몇 번이나 반복했는지 모른다. 번번이 대답하기도 힘들었고 아들아이가 지금 나를 외마디로 애타게 부르고 있다는 것을 상기하기도 쉽지 않았다.

'그렇다. 아들아이는 지금 분명 내가 돌아오기를 기다리고 있는 거야. 아주 저쪽으로 내처 가버리면 안 되는 일이다. 지금이라도 몸을 되돌려야 한다.'

그러나 그건 각오한 것만큼 쉬운 일이 아니었다. 몸과 마음도 내 깊은 의지를 잘 따라주지 않았다. 다시금 아들아이가 불렀다.

"아버지!"

"으응."

'그래, 나는 돌아갈 수 있다. 지금이라도 충분히 그럴 수 있다. 그래야만 한다. 아들아이가 지금 저렇게 나를 애타게 부르고 있지 않은가! 아들아이가 기다리고 있는 쪽으로 돌아가야만 한다.'

이를 악무는 심정으로(아니면 느낌으로) 몸을 되돌려 걷기 시작했다. 그렇다! 분명 그건 걷기 시작했던 것이다. 발바닥이 땅에 눌어붙어 찐득찐득 잘 떨어지지 않는 느낌을 강하게 받았다.

그러고 보니 내가 서 있다는 생각도 들었다. 그런 나를 자각할 수 있었다. 동시에 누워 있는 또 다른 내가 있었다. 분명히 내가 둘이었다. 누워 있는 나와 서 있는 나. 참 그건 지금까지 한 번도 겪어보지 않은 특별한 경험이었다.

어쩌면 그것은 영혼과 육체의 분리 상태 같은 게 아니었을까. 지금 와서 하는 생각이지만 그 며칠 동안 아들아이의 영혼의 촉수가 내 영혼 깊숙이 와 닿았지 않았겠나 싶다. 그것도 젊고 깨끗하고 힘이 있는 영혼이 말이다. 그러기에 시시때때로 내 영혼의 위기를 감지해내고 나를 불러서 죽음의 나라로 아주 넘어가지 않도록 의식을 각성시켜주었지 싶은 것이다.

점점 아들아이가 애타게 부르면서 기다리고 있는 쪽으로 돌아가고 있었다. 가슴 밑바닥으로부터 잔잔한 기쁨의 파문이 일었다. 허나 내 몸과 마음은 쉽게 검은빛 수평선

앞을 빠져나오지 못했다.

지금 헤엄치고 있는 게 아닌가 싶은 생각도 들었다. 팔다리를 지느러미 삼아 허우적거린다는 생각이 그것이었다. 그래도 일단은 돌아서기로 결의를 다진 뒤로는 마음이 한결 가벼워지는 것 같았다.

그러던 중 어느 한순간에 오른쪽 어깨에 써늘한 느낌이 왔다. 천천히 고개를 돌려 바라보았다. 펄럭, 하면서 깃 넓은 옷소매 같은 것이 하늘 쪽으로 천천히 사라져 올라가고 있었다.

연한 아마빛 색깔이었다. 소매 깃이 사라진 하늘을 올려다보았다. 하늘 한가운데가 동그랗게 구멍이 뚫려 있었다. 처음에 본 하늘은 회색빛이었다. 조금씩 가운데 부분이 푸르스름한 색으로 바뀌면서 마치 하늘에 파인 동그란 우물처럼 보였다.

그 하늘 우물의 중심 부분을 우러러보았다. 청옥빛이었다. 그것은 세상이 흑백에서 컬러로 바뀌는 순간이었다. 마음속에 기쁨이 물결쳤다. 가슴이 뿌듯해지는 것 같기도 했다. 순간적으로 그 아마빛 옷자락의 주인공이 신이 아니었을까 싶은 생각이 들었다.

무엇인지는 모르겠지만 커다란 일을 해낸 것 같은 생각도 들고 이겨냈다는 승리감 같은 느낌도 왔다. 아주 좋은 징조 같았다. 이럴 땐 노래를 지어 부르는 게 좋지 않겠나! 그 다급한 순간에도 시인의 기질이 발동되고 있었다.

'너희들은 모를 거야. 이런 기분 모를 거야.'

금방 지어낸 노랫말에 스스로 즉흥곡을 붙여 소리를 내어 흥얼거리기 시작했다. 마음속 깊이 '이제 나도 살아날 수 있다'는 결의 같은 것이 조금씩 싹트고 있었다.

정신이 돌아온 뒤 아내가 그때의 내 모습을 이렇게 전했다.

"그날 당신이 이상한 행동을 많이 보였어요. 헛소리를 하고 헛손질을 자꾸만 하고 그랬어요. 그럴 때마다 아들아이가 손을 잡고 '아버지!' 하고 불렀어요. 그러면 조그만 소리로 대답했는데 그 목소리가 깊은 동굴 속에서 울려오는 것같이 음산하게 들렸어요. 나중에는 이상한 노래를 부르기도 했어요. 난생 처음 들어보는 낯선 노래였어요. 분명치는 않았지만 노랫말도 곡조도 이상했어요. 술이 많이 취한 사람처럼 아랫입술이 늘어지고 눈빛도 초점을 잃고 있었어요. 얼굴 표정이 또 아주 무서웠어요. 지금까지 보아온 그 어떤 모습하고도 다른 모습이었어요."

2부

당신과 오래 세상에 머물고 싶어요

저줄 줄 아는 사람

우리 삶은 어차피 하나의 게임과 같다. 올라가면 내려가고, 이기는 편이 있는가 하면 지는 편이 있게 되어 있다. 기왕이면 올라가는 인생, 이기는 인생이기를 소망한다. 그러나 항상 이길 수 없다는 데에 우리 고민이 따르고 아픔이 생긴다.

열악한 환경에 처했을 때 인간은 조그만 승부욕에 더욱 집착하게 되어 있다. 이겨야 한다. 져서는 안 된다. 그렇게 스스로를 닦달하게 된다.

내 경우도 마찬가지. 무엇 하나 남보다 우월한 게 없었다. 어린 시절엔 인간적 노력보다는 타고난 조건이 더 중요하게 작용한다. 신체적 조건, 부모의 직업, 가정 경제, 고향, 가문 등. 정말로 내세울 거란 하나도 없었다. 머리 하나 명석하다는 것이 어려서부터 어른들이 거는 기대였다.

이런 경우 사람은 편벽지게 되어 있다. 어딘가로 내밀

려 오직 한길이란 생각에 붙잡힐 수밖에 없게 되어 있다. 그야말로 죽기 아니면 살기, 외통수가 되는 것이다. 절대로 져서는 안 되는 일이었다. 오로지 이겨야 했다. 이기는 것만이 살아남는 길이었다.

이런 사람치고 성격이 모질지 않은 사람이 없다. 그가 유순한 인간으로 보인다면 그건 겉치레만 그럴 뿐 내면은 더욱 강퍅하게 마련이다. 나는 어려서부터 지는 방법을 배우지 못했다. 누구나 인간은 어린 시절 어른들로부터 지는 방법을 배울 필요가 있다. 그러므로 어른들은 어린 세대들에게 너그러이 대할수록 좋다.

그러나 나는 그러지를 못했다. 이기라는 말만 들으며 자랐다. 양보는 미덕이 아니요 수치였고 패배였다. 그래서 칭찬도 받았고 나름대로 성취감도 있었다. 또래들과 어울려 운동경기라도 즐겼다면 지는 방법을 배웠을지도 모른다. 그러나 운동하고는 애당초 거리가 멀어 스스로 배우는 기회마저 갖지를 못했다. 오기만이 가득 찬 인간이 되고 말았다.

어른이 되어 아이들을 낳아 키우면서도 양보하는 방법, 때로는 질 수도 있다는 걸 가르치지 못했다. 아예 그러려 하지 않았다. 내 모범은 이기는 것이었고 오로지 앞으로 나아가는 일이었던 것이다. 입에 발린 말이 잘하라는 말이었고 남들한테 뒤져서는 안 된다고, 이기라고만 요구했다.

우리 아이들은 어려서부터 부모를 대신해서 세상에 나가 싸우는 싸움꾼이었다. 제 엄마도 아침마다 문밖으로 아이들을 내보내면서 잘하고 오라고 등을 밀었고 저녁이면 오늘도 잘하고 왔느냐 아이들을 맞았다.

지금 나는 어린 시절, 질 줄 모르는 아이였던 것을 부끄럽게 생각한다. 더구나 내 아이들에게 양보하는 인간, 져줄 줄 아는 사람의 본을 보이지 못한 것을 후회한다.

날마다 최선을 다하며 산다는 것은 얼마나 피곤한 일이고 지긋지긋한 일이겠는가. 오늘도 최선을 다하자, 뭐 그런 게 내가 아이들에게 요구한 가훈 비슷한 것이었으니까 말이다.

다른 사람을 이기고, 자기 자신을 이기는 사람이 성공한 사람일까? 이제야 나는 그렇게 생각하지 않는다. 자기한테 자기가 슬그머니 져줄 줄도 아는 그런 사람이어야 스스로 충분히 반짝일 줄 아는 사람이 될 수 있다.

딸아이한테보다 아들아이한테 지는 것을 가르치고 본을 보여주지 못한 게 참으로 안타깝다. 너무나 경직되게 사는 모습만 아이에게 보여주었고 또 바라지 않았나 싶다.

질 줄 아는 것도 마음의 능력이다. 그건 마음의 넓이,

유연함, 너그러움이 있어야 가능한 일이다. 빡빡하게 사는 인생, 앞서는 인생, 승리하는 인생도 좋다. 그러나 때로는 슬그머니 져주는 인생도 부드럽고 여유 있어서 충분히 아름다울 수 있는 인생이다.

기회가 허락된다면 이제라도 아들아이에게 져주고 싶다. 양보하며 살고 싶다. 한 번이 아니라 여러 차례 그렇게 하고 싶다. 그래서 내일 날, 아들아이가 제 아이를 낳아서 기를 때 질 줄도 알고 양보할 줄도 아는 인간의 본을 보여주기를 희망한다.

스타가 되기 위하여

별은 멀리 아주 멀리에 있다
별은 혼자서 반짝인다 언제나 외롭다
사람도 마찬가지

스타가 되기 위해서는 외로워야 한다
멀리 있는 것을 그리워할 줄
알아야 한다

무엇보다도 먼저 자기 자신을
이기는 사람이어야만 하겠지
아니야, 자기한테 자기가 슬그머니 져줄 줄도 아는
그런 사람이어야 할 거야
그리고 나서도 스스로 충분히
반짝일 줄 아는 사람이어야 할 거야

스타가 되고 싶은 딸아,

어두워지는 밤이 오면 하늘을 보거라

거기, 아빠가 너를 내려다보고 있을 것이다.

아내의 첫 시

결코 가족들 가운데 나 말고 다른 사람이 시를 쓰는 걸 원하지 않는다. 남들은 나더러 시를 술술 쓰는 사람, 시를 많이 쓰는 시인이라고 말하지만 그렇다고 거기에 고통이 따르지 않는 건 아니다. 한 편을 쓰든지 열 편을 쓰든지 거기엔 나름대로 번민과 망설임이 있게 마련이다.

살을 에는 듯한 고통은 아니라 해도 어느 정도 아릿한 고통도 따른다. 시를 쓰기 전의 초조감을 보태고, 쓰고 난 뒤의 허탈감까지를 다시 더한다면 한 편의 시 쓰기가 주는 마음의 얼룩은 대단한 것이다. 그런 형벌을 나만 당하면 되었지 가족에게 당하라 하겠는가.

또 한 가지, 시를 쓰는 세월이 길어질수록 시를 쓰는 행위가 인간의 노력만으로 가능한 일이 아니라는 것을 알게 됐기 때문이다. 기질적으로 타고난바 그 무엇이 있어야만 된다는 것이다.

누군가 인간이 자기 능력 이상의 세계를 경험할 수 있는 분야로 섹스, 명정酩酊, 기도, 선禪, 무당, 그리고 시詩를 거론하는 것을 읽은 적이 있다. 과연 그럴까 싶기도 하지만 시란 것은 확실히 천부적 자질에다가 이성으로 통제되지 않는 혼돈의 깊은 곳을 숨기고 있는 것만은 확실하다.

딸아이는 대학에서 국문학을 전공하여 학부과정을 거쳐 석사, 박사과정을 마친 아이다. 글 쓰는 일을 즐겨 전통 있는 문학 잡지에 문학평론가로 등단하기도 했다. 가끔은 주위 분들로부터 시 쓰기를 권유받기도 하는 모양이고 스스로 시인이 되고자 하는 욕구가 전혀 없는 것도 아닌 듯싶다.

나는 기회 있을 때마다 딸아이에게 시 쓰기의 어려움을 피력하고 가능한 한 시인이 되는 꿈을 잠재워 보라고 말하곤 한다. 아버지와 딸이니 기질이 많이 닮아 있을 것이다. 또 시는 한 가족의 추억의 창고를 헐어내는 일이기도 하다. 그러므로 딸아이와 내 시 쓰기는 상당히 겹쳐지는 부분이 있을 것이다. 그러니 만큼 성공하기도 힘들 것이 아니겠는가 싶은 우려가 거기에 있는 것이다.

이토록 가족이 시 쓰기를 만류하는데 생뚱맞은 일이 일어났다. 며칠 전에 아내가 시 한 편을 썼노라 보여주는 게 아닌가! 내가 계룡산 갑사 쪽으로 사진을 찍으러 가던 날, 내 뒷모습을 바라보면서 썼다는 글이다. 흔히 하는 말로 먹을 가까이하면 먹물이 든다더니(근묵자흑近墨者黑), 그 말이 틀린 말이 아닌 모양이다.

집에 돌아왔을 때 보여준 시가 제법 그럴듯하기에 행과 연을 가지런히 맞춰주고 내 홈페이지에 올려주기도 했다. 가족 가운데 시 쓰는 사람이 나오는 것을 그렇게 경계해왔지만 이렇게 엉뚱한 사람이 내 흉내를 내고 있었던 것이다.

이왕 아내가 시 쓰는 걸 시도했으므로 앞으로도 가끔은 시 쓰는 일을 계속하라고 말해주고 싶다. 그러나 아무리 아내가 시 쓰는 일에 열심을 낸다 해도 시집을 내거나 그 시를 활자화시키는 데까지는 가지 못할 것이다. 그래서 내 책에 내 글과 함께 슬쩍 끼워볼까 한다.

어디 갔느냐구요?
우리 남편은 아주 바쁜 사람이에요
시 주우러 갔어요

어디로 갔느냐구요?
잘 모르겠지만요
어제는 갑사 쪽

오늘은 논산 쪽이래나 봐요
꼬치꼬치 물으면 안 돼요
그걸 나는 잘 알아요
배낭 메고 자전거 타고 신나게
뒤도 돌아보지 않고 갔어요

메고 간 배낭 가득 시를 담아
가지고 돌아올 거예요
그건 분명해요.

— 김성예, 「우리 남편」 전문, 2007. 12. 5

들으면 기분 좋은 말

사람이 사람을 두고 하는 말 가운데 친구란 말보다 더 정답고 따뜻한 말은 없다. 친구, 오랫동안 정답게 사귀어 온 벗을 두고 하는 말이다. 여기서 관건은 '오래'란 시간과 '정답게' 사귀어 왔다는 전제 조건의 충족이다.

결코 쉬운 일이 아니다. 오늘날같이 쉽게 변하고 물질을 따라 마음이 흐르는 판에 정말로 쉬운 일이 아니다. 친구란 말과 이웃하는 말로 벗, 동무, 지음知音, 반려伴侶란 말도 있다.

벗은 순수한 우리나라 말이다. '마음이 서로 통하여 친하게 사귀어 온 사람'이란 뜻이다. 여기서도 '마음이 서로서로 통한다'는 것과 '친하게 사귄다'는 전제 조건이 충족되어야 한다. 벗, 벗이라고 소리 내면 입술이 정다워지는 것 같다. 나이가 젊어지는 것 같은 느낌도 든다. 참 부드러운 우리말이라 하겠다.

동무란 말은 순수한 말인데 앞의 두 말보다 뜻이 조금 넓다. 첫째는 '늘 친하게 어울리는 사람'이란 뜻이다. 이는 친구란 말과 벗이란 말과 같은 의미다. 둘째는 '어떤 일을 하는 짝이 되거나 함께 일하는 사람'이란 뜻이다.

길동무, 말동무라고 할 때 쓰이는 말인데 광복 이후 북한 사람들이 사상적인 의미로 애용하는 바람에 남한에서는 한동안 금기시되었던 단어다. 참 좋은 말인데 아깝게 되었다.

지음이란 말은 조금은 정신적이고 예술적 냄새가 풍기는 말이다. 본래 이 말은 중국의 고사(『여씨춘추』 본미편本味篇), 『열자』 탕문편湯問篇)에서 유래된 말인데 아는 사람은 알겠지만 내용은 이러하다.

거문고를 잘 타는 유백아兪白牙란 명인이 있었고 그의 거문고 소리를 좋아하고 또 그 소리의 진가를 잘 평가해주는 종자기鍾子期란 친구가 있었다 한다. 둘은 거문고를 사이에 두고 친하게 지냈는데 그만 종자기가 먼저 세상을 뜨자, 백아가 '내 거문고 소리를 알아주는 벗이 없는데 거문고를 타서 무엇 하느냐.' 하는 말과 함께 자기의 거문고 줄을 끊어버리고 다시는 거문고를 타지 않았다고 한다.(여기서 또 단현斷絃이란 말이 유래되었다. 아내의 죽음을 빗대어 이르는 말이다.)

참으로 아름답고 아프고, 단호하게 서슬 푸른 이야기다. 그 사람에 그 친구가 아닐 수 없다. 여기서 지음이란 말이 나왔다.

그 뒤로는 이 지음이란 말이 글자 뜻과는 달리 자기 속마음을 잘 알아주는 친구란 뜻으로 사용되고 있다. 시를 쓸 때도 지음이라 하면 마음을 알아주는 친구란 뜻으로 쓰이고 있다. (신라 최치원崔致遠의 「추야우중秋夜雨中」이란 시에 '세상에는 마음에 맞는 친구가 적다(세로소지음世路少知音)'라는 구절이 나오고, 역시 고려의 이자현李資玄이란 사람의 「낙도음樂道吟」이란 시에는 '이 소리 아는 사람 몇이나 되랴(지시소지음祇是少知音)'라는 구절이 나온다.)

그다음으로 반려란 말은 '짝이 되는 동무'라든가 '생각이나 행동을 같이하는 사람'을 말한다. 상당히 가정적 분위기가 있는 말이라서 부부의 관계를 지칭하기도 하는 말이다. 여기에 따라 동려同侶란 말이 함께 쓰이기도 한다. 어쨌든 친구, 벗, 동무, 지음, 반려 등등 다 같이 아름답고 좋은 뜻의 말이다. 따뜻한 말이다.

간혹 사람들이 즐겨 쓰는 도반道伴이란 말도 있다. 이 단어는 불교에서 쓰이는 단어로 함께 도를 닦는 벗이라는 뜻이다. 이 말 역시 따뜻하고 믿음직스러운 말이다.

이런저런 말들이 있음에도 불구하고 나는 올드맨이란

말을 특히 좋아한다. 말의 뜻대로라면 늙은 사람, 노인이 되겠지만 오래 사귀어 온 사람, 변함없는 이웃을 가리키는 말일 것이다.

　오랜 세월 마음에 두고 사귄 사람인데 오늘에 이르러 변함이 없다면 내일 날도 변함이 없을 것은 자명한 일이다. 이런 사람이 한두 사람이라도 있다는 건 얼마나 좋은 일이겠는가. 나는 나름대로 올드맨을 수월찮게 지니고 있음을 기쁘게 생각한다. 자랑으로 여긴다. 부디 그대들에게도 내가 올드맨의 한 사람으로 자리 잡기를 희망한다.

너무 늦게 오지 말아요

그해 3월, 세 번째 일요일이었다. 굳세게 병실을 지키던 아들아이도 내 병세가 우선하니 제 숙소로 쉬러 가서 오지 않고 딸아이도 서울로 돌아간 날이었다. 아내와 둘이서만 병실에서 지내게 되었다. 그즈음엔 아내의 건강도 상당히 좋아져 회복 단계에 있었다.

아내는 그동안 나를 중심으로 일어났던 일들을 뜨문뜨문 이야기해줬다. 아이들은 말해주지 말라 그랬지만 내가 상황을 너무 몰라 엉뚱하게 행동하고 상황에 맞지 않는 가당찮은 말을 자꾸만 해서 알려주는 거라 했다.

그동안 전혀 모르고 있던 일들을 모아서 듣는 마음이 새롭고도 놀라웠다. 그게 그랬었구나, 싶은 일들이 많았다. 특히 의사의 절망적인 선언 부분, 장례위원회 결성에서 장지 문제 이야기 등은 들을 때는 놀랍고 당황했다.

아내 말에 의하면, 그 당시 밖에서는 만반의 준비를 하고 기다리고 있었는데 정작 환자 본인만 죽을 준비가 전혀 되어 있지 않았다고 했다. 조마조마하는 마음으로 밖에서 애를 태우며 기다리는 마음이 피를 말리는 것 같았다고 했다. 선장이 갑자기 사라진 배를 타고 망망대해를 항해하는 그런 막막한 심정이었다고 했다.

애당초 가족으로 만나지 말았어야 했는데 이렇게 만나 가족을 이루어 고통이 크다는 생각에 차라리 승려나 수녀들의 신분이 한없이 부러웠다고 했다. 의사의 진단을 받고 보내는 일주일이란 시간이 너무나 길고 아득하더라고, 밥맛은 고사하고 물맛조차 소태처럼 쓴 것을 그때 처음 알았다고, 몸 전체 뼈 마디마디가 쑤시고 아프더라고.

장례위원회는 주로 김상현 시인이 주축이 되어 서울의 한국시인협회 오세영 회장과 협의하여 결성했다고 했다. 평소 나는 틈만 나면 우리 아파트가 있는 동네인 금학동 개울가를 아내와 자주 산책하면서 많은 이야기를 나누기를 좋아했다.

그런 때 내가 만일 일을 당했을 경우, 이렇게 이렇게 하는 게 좋겠다고 아내에게 미리 이야기한 바 있었다. 김상현 시인과 먼저 상의하고 구재기, 권선옥 시인과도 상의하라고 이야기했던 것이다.

그래서 아내는 서슴없이 그 문제를 김상현 시인에게

부탁했고, 김상현 시인은 또 부인과 함께 가기로 한 회갑 여행까지도 포기하고 달려왔다고 한다.

빈소는 대학병원으로 하고 영결식은 내가 현직 교장이니까 장기초등학교 교정에서 시인협회장으로 하되, 기독교식을 가미하기로 했다고 한다. 그래서 학교에서는 영결식 배치도며 교직원들의 역할 분담까지 모두 마쳤고, 사람을 시켜 사진관에서 영정 사진도 두 개나 만들도록 했다고 한다.

나는 잠시 내 장례식 모습을 상상했다. 상당히 많은 사람이 와주었을 것이다. 꽤나 넓은 운동장에 제법 높이 단상이 꾸며지고 그 앞에 노란 국화꽃으로 장식했을 것이다. 국화꽃 가운데 내 사진이 들어갔을 것이다. 누군가 사회를 보겠지. 사회 보는 사람의 호명에 따라 유명 인사들이 나와 여러 가지 이야기를 했을 것이다.

약력 소개, 추도사, 추도시, 가족이나 친지 인사의 말……. 아직은 겨울바람 떠나지 않은 3월의 초순. 희끗희끗 날리는 봄 눈발 속에서 사람들은 넓은 운동장 여기저기 우뚝우뚝 모여 서서 조금은 일찍 세상을 떠난 한 사람을 위해 코끝이 빨개지도록 눈물을 찔끔거리기도 하고 나한테 훈화를 듣기도 했던 우리 아이들도 울어주었겠지. 때로는 과찬의 말씀도 해주시었을 것이요, 울먹이기도 했을 일이다.

마지막으로 사람들은 단상의 사진 앞으로 나와 국화꽃 한 송이씩을 놓았을 것이다. 그런 다음엔 어쩌겠나? 시체를 실은 차는 어딘가로 떠났을 것이고 사람들도 더는 어쩔 도리가 없어 그 자리를 떠나겠지. 세상은 또한 아무런 일도 없었다는 듯 태연한 표정으로 흘러가고 있었을 것이다. 그뿐이다. 그뿐, 내 모습은 지상의 어디에서도 찾아볼 수 없게 될 것이다.

아내는 내 장지에 대한 이야기도 들려주었다. 처음엔 고향인 막동리로 가기로 했으나 고향 어른들이 이 문제에 대해 소극적으로 반응하는 바람에 공주 쪽으로 방향을 바꾸었다고 했다. 그래, 여러 사람에게 말을 놓아 장지를 알아보도록 했다고 한다.

내가 교장으로 첫 번째 근무했던 학교 위치가 계룡산 속이었으므로 계룡산 부근 마을, 의당면 방향, 부여군 초촌면 방향, 처가 마을이 있는 부여군 충화면 등 여러 곳을 후보지로 삼아 생각해보았다고 했다. 그러나 끝내 마땅한 장지가 나타나지 않아 당황하다가 결국 공주 시내 대원당 한의원 주인 노일선 원장이 자기네 선산 한 자락을 내주겠다 했다고 한다. 말로만 들어도 고마운 일이 아닐 수 없겠다.

그 부인 되는 정금윤 여사가 시를 쓰는 사람인데 내가 일찍이 《불교문예》란 잡지에 신인으로 추천한 인연을 귀히 여겨서 그러했을 것이다.

그러고 보니, 바로 지나간 일요일에 조금은 이상한 아내의 행동도 이해가 가는 것 같았다. 그날 점심시간쯤 병실 침대에 누워 있던 아내가 외출복 차림으로 다가와서 말했다.

"여보, 나 손님이 와서 손님에게 점심 대접하고 올게요. 시간이 조금 걸릴지 몰라요. 너무 기다리지 말아요."

"그래? 너무 늦게 오지 말아요."

"알겠어요."

그러나 아내는 생각한 것보다 더 오랫동안 병실로 돌아오지 않았다. 알고 보니 그날 아내는 장지를 알아보기 위해 딸아이와 함께 김상현 시인의 자동차를 타고 유준화 시인이랑 넷이서 여러 곳을 둘러보고 돌아왔노라 했다.

중환자실에서 숨이 넘어가는 것같이 할 때에도 아내는 끝내 유언을 말하라 하지 않았었고 장지를 알아보는 날에도 그렇게 다른 말로 둘러대고 나갔던 것이다.

두 차례 모두, 아내가 만약 곧이곧대로 의사가 말한 대로 당신 머지않아 죽는다 하니 유언이라도 말하세요, 라고 했다던가 지금 당신 장지를 알아보기 위해서 나가는 길이에요, 라고 말했다면 어찌 되었을까? 아마도 서둘러 삶에 대한 의욕과 집념을 포기해버리고 말았을 것이다.

그나저나 아직도 죽지 않은 남편 장지 후보지를 성치도 않은 몸으로 둘러보러 다니던 아내 마음이 얼마나 힘들었을까? 그러면서도 아내는 나에게 그런 내색을 전혀 하지 않았던 것이다. 그만큼 아내는 속이 깊고 신중한 사람이었다. 결국 이런 신중한 마음 쓰임이 나를 끝까지 죽음의 나락에서 건져줬다고 생각한다.

아마도 이번에 아내와 두 아이의 생명줄이 줄어도 많이 줄었겠지 싶다. 앞으로 일주일을 넘기기 어려우니 모든 걸 체념하고 준비하라는 담당 의사의 말에 세 번씩이나 까무러치고 입원까지 해야 했던 아내.

밤하늘을 바라보며 무릎 꿇고 앉아 '그건 안 돼'라고 소리 내며 고함지르며 통곡하고 나서 중환자실에서 나를 끌어내어 2인 병실로 옮기고 결연히 면회사절 조치를 취한 아들아이. 소식 듣고서도 바로 내려올 수 없어 이틀 동안이나 서울 거리를 울면서 헤매고 다녔다는 딸아이.

이번에 세 사람한테서 생명을 조금씩 차용해서 죽음의 길에서 몸을 돌려 살아날 수 있었다고 생각한다. 아니, 이번에 아내 한 사람과 아들아이 하나, 딸아이 하나를 다시금 얻었다는 생각이다.

두 아이들은 저희들이 평생을 두고 내게 갚아야 할 것들을 몇 주일 동안에 갚아버렸고 나는 두 아이로부터 남은 인생을 두고 갚아도 다 갚기 어려울 만큼 커다란 목숨의 빚을 지고 말았다. 특히 아들아이에게 신세 진 바가 많았다. 그 아이의 공로가 아주 크고 컸다.

아내와 딸아이는 쉽게 포기하고 말았지만 아들아이는 끝까지 포기하지 않았기 때문이다. 그 아이가 죽음의 순간, 끝까지 나를 포기하지 않고 불러주고 생명줄을 붙잡아주어서 나는 밝은 생명의 세상으로 돌아올 수 있었다고 믿는다. 끝내 나를 살린 사람은 다름 아닌 아들아이였다.

어쨌든 이번 일로 인생의 중간 점검만은 분명하게 했다는 생각이다. 삶에 있어서 소중하고 소중하지 않은 것이 확연히 판명이 나버렸고 진실로 나를 생각해주는 사람, 사랑하는 사람이 누구인가 하는 것이 분명하게 드러나고 말았으니까 말이다.

게다가 그동안 얼마나 많은 사람으로부터 사랑받고 살아온 사람인가 하는 것을 확인할 수 있었다. 이것 또한 인생의 소득이라면 특별하고도 귀중한 소득이라 할 것이다.

지금 힘들 때, 삶에서 가장 어둔 길을 걷고 있다는 생각이 들 때, 얼마나 많은 사람으로부터 사랑받고 산 사람인지를 생각해보자. 그 사랑이 클 필요는 없다. 어제 만난 사

람이 오늘 만나 밥은 먹었냐고 물었을 때, 그것도 사랑이
니까. 처음 만난 사람이 떨어진 물건을 주워줬을 때, 그 작
은 친절도 사랑이니까.

그 사랑이 지금 우리 곁에 있다. 우리가 모르고 있을 뿐
이다.

투화

꽃을 던져라

못 잊을 사람 더욱
잊지 않기 위하여

사랑한 사람 더욱
사랑하기 위하여

하늘 심장에 바다의 중심에
돌팔매질을 하듯

실패한 인생의 화려한 경륜 앞에
경멸의 찬사를 던져라

끝내는 잊어야 할 사람

서둘러 잊기 위해 꽃을 던져라.

주저앉았을 때, 나를 일으키는 것들

병원 생활은 일상생활하고는 많이 다르다. 지루하고 따분하다. 기다리는 생활이고 무한정 견뎌야 하는 생활이다. 가능하다면 자기 생애에서 떼어내고 싶은 한 시절이기도 하다.

병이 완쾌되는 것, 퇴원하는 날을 기다리는 것과 의사나 간호사를 기다리고 주사나 약을 기다리는 병원에서의 하루하루, 여러 가지 시술이나 절차를 기다리는 날들의 연속은 지친 사람을 다시 한번 지치게 만든다. 지극히 수동적이고 소극적인 생활이다.

금단현상도 만만치 않다. 건강했던 날들에 대한 그리움이다. 돌아가고 싶지만 쉽게 돌아갈 수 없는 안타까움이다. 정말로 내가 옛날의 그 자리로 돌아갈 수 있을까 의심하는 절망감도 따른다.

생각하면 병원 생활만 그럴까. 우리는 가끔 기분이 심

해로 가라앉는 날을 만나고, 그런 날이면 지극히 수동적이고 소극적으로 생활한다. 아무 감정 없이, 느낌 없이 일어나 출근하고, 하라는 일 하고, 밥 먹으라고 하면 밥 먹고. 기분 좋았던 날로 돌아갈 수 있을지 괴로워하고 말이다.

눈만 뜨면 보이는 건 병든 사람들의 모습이다. 어떤 때는 한 병실의 절반인 세 명의 환자가 당뇨병으로 다리를 절단한 환자일 때도 있었다. 그런 날이면 병실 안의 공기조차 파랗게 질리고 아연 긴장하는 듯싶기도 했다.

한밤을 지새우고 아침이 되면 병실 안은 탁한 공기로 가득 차 숨을 쉬기조차 힘들다. 죽어 가는 사람들이 마셨다 내뱉은 공기. 그런 병실 안에서 벗어나고 싶은데 전혀 벗어날 길이 없다. 그래서 나는 주위 환경에는 아랑곳하지 않고 나만의 방법을 갖기로 했다. 글쓰기와 책 읽기, 그리고 그림 그리기다.

환자용 침대의 밥상을 일으켜 세우고 동그마니 앉아서 무엇인가를 끝없이 썼다. 쓸 것이 없으면 이미 쓴 내용을 다시 정리하여 쓰기도 했다.

나는 혼자서 있을 때도 무언가 일을 해야만 마음이 편안해지는 사람이다. 놀 줄을 모르고 쉴 줄을 모른다 할까. 자는 시간, 밥 먹는 시간을 제하고는 무언가를 끊임없이 꼼지락거리며 살았다. 병원에서라고 다를 까닭이 전혀 없었다.

까물대던 정신이 조금씩 깨어난 날은 3월 19일이다. 정신이 돌아오면서 가족들에게 제일 먼저 부탁한 말은 종이와 펜을 달라는 것이었다. 글을 써보고 싶은 욕구가 마음속 깊은 곳으로부터 끓어오르고 있었다.

아이들이 글을 쓰지 말라 했지만 간청하다시피 해서 겨우 종이와 펜을 얻었다. 그날 떨리는 손, 혼미한 정신으로 여러 편의 시를 썼다. 그것은 날짜로 쳐서 19일 만에 써 본 글이었다. 어떤 날보다 마음이 뿌듯하고 기뻤다. 내 자신이 살아 있는 사람이라는 자각이 생겼다.

가족들은 내 글쓰기를 별로 탐탁하게 여기지 않았다. 특히 아들아이가 그러했다. 병 앓는 사람이 병 나을 생각이나 하면서 얌전히 지낼 일이지, 글 쓰는 일에 에너지를 소비하는 일은 좋지 않다는 것이 그 아이의 생각이었다.

그러나 내 생각은 달랐다. 글쓰기는 나에게 있어 단순한 글쓰기가 아니다. 그것은 생명의 행위 그 연소 과정이기도 한 일이다. 정말로 글쓰기가 나를 쓰러뜨렸다 하더라도 글쓰기를 통해서 나는 다시금 나를 일으켜 세워야만 했다. 그것이 순리요, 바른 방법이었다.

글쓰기는 에너지의 방출 행위이기도 했지만 반대로 새롭게 에너지를 받아들이는 또 하나의 생명 행위였다. 우리

시골에 '지네에 물린 사람은 지네를 잡아 그것을 태워서 먹임으로 지네의 독을 이긴다'는 말이 있다. 말하자면 독으로 독을 이기게 한다는 것인데 이것은 열로써 열을 다스림이요(이열치열以熱治熱), 중국 사람들 식으로 말하라면 이이제이以夷制夷가 되는 것이겠다.

첫 번째로 시를 쓰고 난 이후, 아예 대학노트를 구해 달라 해서 날마다의 기록을 채워나갔다. 특별한 일이나 방문객 이름, 새롭게 쓴 시를 적어나갔다. 병원 생활을 마쳤을 때 수중엔 빼곡하게 기록된 세 권의 대학노트가 남겨졌다. 병원 생활의 값진 유산인 셈이다.

노트에는 일흔 편도 넘는 시가 적혀 있었다. 물론 혼미한 상태에서 나온 글이니 질적인 보장이 따르지 못하는 글일 수도 있겠다. 하지만 나로선 귀한 자료요, 지울 수 없는 한 시절 내 인생의 기록인 것이다. 이 시들이 나중에 나온 내 시집에 들어갔음은 말할 것도 없겠다.

그다음은 책 읽기다. 글이 써지지 않는 날은 책을 읽었다. 처음 생각으론 병원에 머무는 동안 맘먹고 『성경』을 일독하고 싶었으나 뜻대로 되지 않았다. 겨우 신약의 「4복음서」와 구약의 「전도서」를 읽는 데에 그쳤다. 그밖에 읽은 책이 두 권이 있다. 하나는 괴테의 『이탈리아 여행』이란 책인데 이 책은 병원 지하 1층의 서점에서 구했다.

그때는 수중에 핸드폰이며 지갑이며 카드도 없을 뿐더러 돈조차 없을 때라서 아내한테 사 달라 졸라서 구한 책이다. 책을 사서 옆구리에 끼고 병실로 돌아오면서 기대에 찼던 마음을 잊을 수 없다. 책을 읽으며 괴테란 인물한테 완전히 굴복당하고 말았다. 참으로 천재란 이런 사람인 거구나 싶어 적이 놀라고 스스로가 많이 부끄러웠다.

그다음으로 푸른길출판사 김선기 사장이 문병 오면서 가져다준 『지리교사들, 남미와 만나다』란 책이었다. 김 사장은 그밖에도 두 권의 책을 더 가져다주었는데 특히 위의 책이 구미에 당겼고 끝까지 읽을 수 있었다. 병실 안이었기에 낯선 땅으로의 여행 기록은 싱싱한 꿈을 주었다. 상상의 나래를 달아주어 행복했다.

책을 읽으면서 집에 두고 온 몇 권의 책이 많이 그리웠다. 전영애 교수가 번역한 『말테의 수기』, 금장태 교수의 『퇴계의 삶과 철학』, 정민 교수의 『한시 미학 산책』, 『문심조룡文心雕龍』, 『화안畵眼』 등 사다가 놓고 앞부분만 얼마만큼씩 읽고 책장에 꽂아둔 책들이었다.

더구나 겨우내 머리맡에 놓아두고 잠들기 직전까지 읽었던 『돌아올 수 없는 사막, 타클라마칸』이란 책을 계속 읽고 싶었다. 그 책은 병원에 올 즈음 거의 다 읽고 끝 부분만 몇 페이지 남겨둔 상태였다. 읽던 책을 마저 읽지 못하고 세상을 떠난다 생각하니 그것도 몹시 애달픈 일 중의 하나였다. 어떻게든 집으로 돌아가서 남은 부분을 읽고 싶었다.

그림 그리기도 그렇다. 가까이 물감도 없고 별다른 그림 도구가 없으므로 그것은 겨우 복사지에 연필로 그리는 단순한 작업이었다. 그래도 시집 표지로 카네이션도 그리고 병실 창밖 풍경도 여러 장 그렸다. 그리고 병실 안 화분에 심겨진 양란을 그리고 병원 뜨락의 꽃들을 여러 장 그렸다.

그림 그리기는 나에게 집중력을 준다. 고통의 시간, 지루한 시간, 기다림의 시간에 그림 그리기에 마음을 모으다 보면 시간이 빨리 흘러갔고 그 시간만은 온갖 번잡과 육신의 고통으로부터 헤어날 수 있어서 좋았다. 그림 그리기는 마법을 가지고 있다. 사람을 꿈꾸게 하고 새로운 나라로 데리고 가는 그런 힘을 가지고 있다.

정녕 그것들이 나를 쓰러뜨린 것이 분명하다 해도 끝내는 그것들이 다시금 나를 일으켜 세웠음은 분명한 일이다.

시

그냥 줍는 것이다

길거리나 사람들 사이에
버려진채 빛나는
마음의 보석들.

아내 앞에서 서약하다

두 번이나 음식 먹는 일을 시도하다가 실패했다. 음식이라야 미음이거나 밥알을 끓여서 만든 죽 비슷한 것이었다. 한 끼니에 겨우 다섯 수저 정도밖에 먹지 않았는데도 열이 오르고 배가 아팠다. 몸에서 음식을 받지 않는다는 증거였다.

본래 췌장염 치료는 방법이 없어 환자를 굶기는 것만이 최선의 방책이라니 어쩔 도리가 없는 일이었다. 물 한 모금도 마실 수 없는 날들이 계속되고 계속되었다.

2인 병실에서 4인 병실로 옮겨온 지 며칠 안 되는 날, 저녁 무렵에 계룡시에 사는 이섬 시인과 그 남편 김태기 선생이 문병을 왔다. 같은 시간대에 사촌 동생인 명주도 찾아왔다. 김태기 선생은 독실한 기독교 신자로 교회의 장로다. 사촌 동생 명주도 장로다. 우연하게도 그날은 장로 두 사람이 겹치기로 문병을 와준 것이었다.

나는 명주와 우상 숭배 문제에 대한 대화를 하고 있었다. 그동안 나는 교회에 다니고는 있었지만 고향 집에서 지내는 명절 제사 때 제사상의 신위 앞에 큰절을 드리곤 했다. 아버지가 원하시는 일이니 어쩔 수 없는 일이라는 생각에서였다. 명주는 단호하게 그래서는 안 된다고 충고했다. 나도 그래야 하지 않을까 싶다는 생각이 들었다.

명주는 나보다 나이가 훨씬 어린 아우다. 내가 초등학교 선생을 할 때 초등학교 학생이었던 사람이다. 그런 동생 앞에서 내가 한없이 초라하게 작게만 느껴졌다. 종교 문제에 관한 한 늘 아버지 눈치만 살피며 살아온 입장이 무력하고 서글프게 여겨지기도 했다.

나는 맏이면서도 어린 시절, 그러니까 초등학교 시절 외갓집에서 자랐으므로 늘 본가에서는 이질적인 존재였다. 어른들 앞에서도 그러했고 손아래 형제들 사이에서도 그러했다. 언제나 나 혼자라는 생각에서 벗어날 수 없었고 외롭다는 느낌을 지울 수 없었다. 오래전 기독교 신자가 되기는 했지만 기독교 신자로 행세를 하지 못하고 있었다. 그런 생각에 잠겼더니 갑자기 심정이 울적해졌다.

이섬 시인과 더불어 지켜보고 있던 김태기 장로에게 기도를 해주십사 청했다. 김태기 장로는 나하고 몇 차례 정도 만난 처지로 아직은 서먹한 관계인데도 선선히 기도의 청을 들어주었다. 무릎 꿇고 앉은 내 등 뒤로 김 장로의 손이 얹어지고 기도가 시작되었다.

내 몰골이 안쓰러워 보였던가. 종교적인 측은지심이었을까. 아니면 그동안 살아온 내 비하인드 스토리에 동질감을 느껴서였을까. 김 장로는 진심을 다하여 기도를 했다. 나중에는 기도를 하는 사람도 울고 기도를 받는 사람도 울게 되었다. 주위에 있던 사람들도 따라서 울었다. 가슴이 후련해지는 듯싶었다.

김태기 선생의 기도가 끝난 뒤, 사촌 동생 명주는 당장 고향 집 막동리로 돌아가 큰아버지를 만나 이 같은 형의 입장과 심경을 밝히고 마음 놓고 교회에 다닐 수 있게 하는 것과 제사 때 신위에 절하지 않을 것을 승낙받겠다고 말했다. 고마웠다.

그날 밤 더욱 잠이 멀었다. 밤이 되면 폐렴 증상처럼 고열이 나고 잔기침이 나왔다. 낮에는 지쳐서 잠을 자고 밤에는 반대로 잠이 오지 않았다. 말하자면 밤과 낮의 생체 리듬이 바뀐 것이었다. 그 자체가 괴로움이었다. 어느덧 병실 벽시계는 자정을 넘겨 새벽 시간을 알리고 있었다.

"여보, 나 당신 앞에서 십계명을 지킬 것을 서약하고 싶어요."

침대 머리맡에 놓인 성경책을 가져다 펼치면서 아내에

게 말했다.

"그래요? 정말 당신이 그럴 수 있어요?"

아내는 아무래도 의아스럽다는 표정으로 나를 건너다보다가 성경책을 받아들고 한 항목씩 천천히 읽어내려 갔다. 끝에 가서는 '그대로 지키시겠습니까?' 하고 물었다. 그럴 때마다 나는 '예' 하는 말로 화답했다.

곰곰이 살펴보니 십계명을 지킨다는 게 여간 어려운 일이 아니란 생각이 들었다. 그동안 얼마나 내가 불성실한 신자였던가 하는 것도 반성되었다.

십계명 가운데서도 제2계명이 우상 숭배에 관한 것인데 그 계명이 제일로 길고도 복잡하게 기술되어 있다는 것도 알게 되었다. 문답을 모두 마친 뒤 아내는 눈이 부신 사람처럼 나를 바라봤다.

다음 날 담당 의사인 김안나 교수가 일주일간의 세미나 출장을 마치고 병원으로 복귀했다. 김 교수는 내 상태를 살피고 깜짝 놀라는 표정을 지었다. 층에 있는 소중환자실 격인 격리병실로 옮겨야 한다고 했다. 그러나 격리병실엔 비어 있는 침대가 없었다. 하는 수 없이 4인 병실에서 1인 병실로 옮기기로 했다. 1인 병실로 가서도 열은 내리지 않았고 혼미한 정신 상태는 여전했다.

1인 병실로 옮긴 날 오후였을 것이다. 고향 집에서 아버지와 첫째 남동생 선주가 면회를 왔다. 그전 사촌 명주가 면회 후에 고향 집으로 가 아버지에게 내 심정을 대신 밝혀드려서 그렇게 급하게 면회를 오신 것이었다.

아버지에게 울면서 말씀드렸다. 아무래도 아들 노릇을 제대로 하지 못할 것 같으니 장자로서의 소임과 일체의 권익을 포기하겠노라고. 그리고 죄송한 일이지만 이제부터는 제사 때에도 제사상에 큰절을 하지 않겠으니 용납하시라고 말씀드렸다. 아버지는 말을 듣기가 거북하셨던지 자꾸만 말을 중지시켰다. 그러나 독한 마음을 먹고 끝까지 들어주십사 부탁드렸다.

그다음으로는 아버지가 나에게 물려주시기로 한 일단의 재산권(집, 산소, 텃밭)까지 포기한다고 말씀드렸다. 더불어 남동생 선주에게 나를 대신해서 장자의 역할을 해달라고 부탁하기도 했다. 아버지가 많이 섭섭하게 생각하실 것 같아서 끝에 한 마디를 붙여서 말씀드렸다.

"아버지, 그렇다고 제가 아주 변하거나 멀리로 가버리는 건 아닙니다. 다만 그 일만 그렇다는 말씀이지, 여전히 저는 아버지 곁에 아버지의 아들로 남아 있을 것입니다."

삶이 막막해도 이팝나무 꽃은 환장하게 피지요

서서히 죽어가고 있었다. 두 달 가까이 밥 한술, 물 한 모금 목구멍으로 넘기지 못하고 오직 링거 줄에 의지해 살면서 몸은 야윌 대로 야위어가고 있었다. 열은 또 그리도 지악스럽게 계속해서 오르내리는 건지…….

옆에서 지켜보는 아내조차 내 목숨이 서서히 꺼져가고 있는 걸 눈치 채지 못했다. 1인 병실로 옮겨 보름 가까이 아무런 차도가 없었다. 다만 좀 더 좋아지기만 바라며 보낸 날들이었다.

창밖으로 한 해의 봄이 지향 없이 밀려왔다가 또다시 밀려가는 걸 멍하니 바라보고 바라볼 따름이었다. 벚꽃, 백목련, 이팝나무 꽃들이 차례대로 물결처럼 떼를 지어 피었다가 지고 있었다.

비상수단이라도 써보아야겠다는 의도에서 그러했던지 담당 의사가 콧구멍으로 가느다란 비닐 관을 넣어 유동식을 공급하는 방법을 써보자 했다. 속칭 '콧줄'이라고 부르는 것이었다. 콧줄을 넣은 뒤로 하루에 세 차례씩 유동식을 주입했다. 유동식이 들어간 뒤에도 열은 간헐적으로 오락가락했고 병세는 조금도 꺾이지 않았다.

1인 병실에서 아내와 둘이서만 지내다 보니 처음엔 조강한 것 같고 한갓져서 좋았지만 점점 따분하고 지루하다는 느낌이 생겼다. 분위기가 점점 가라앉았다. 아내는 본래 우울증 증세가 약하게 있는 사람이다. 나중에는 아내의 우울증 증세가 도지려 하는 지경에까지 이르렀다. 아이들은 1인 병실에 더 머물기를 원했지만 더 이상 1인 병실에 있으면 안 되겠다는 자각이 왔다. 그건 아내나 나나 공통의 의견이었다.

이번에는 6인 병실로 옮겼다. 자리가 구석이고 막혀 있어 안정감이 있고 좋았다. 한 병실에 입원해 있는 환자들도 심각한 환자들이 많았다. 가장 심각한 건 암과 당뇨병이었다. 그 가운데서도 당뇨병이 힘들어 보였다. 아, 당뇨병이란 게 저렇게 잔인한 병인가 하는 것을 처음으로 목격하는 기회가 되었다.

그것은 사람의 몸을 그야말로 야금야금 망가뜨리면서 끝내는 인간의 마지막 남은 존엄성마저 거두어 가는 질병이었다. 발끝부터 썩기 시작하여 다리 전체가 상하고 눈이 멀고 치아가 빠지고 장기가 상하는 것이 당뇨병이었다.

끝에 가서는 인간의 최소한의 인내심, 자제심 같은 것까지 손상돼 정신세계마저 황폐화시키는 병이 당뇨병이었다. 그래도 그들은 어느 일정한 기간 입원했다가 퇴원이란 걸 하기도 했다. 오직 퇴원할 기미가 보이지 않는 환자는 나 하나뿐이었다. 퇴원하는 환자들이 부러운 날들이 길게 이어졌다.

그리고 또 부러운 건 무언가 음식을 먹는 일이었다. 무엇보다 물이 마시고 싶었다. 옆자리 침대에 든 환자는 암 환자였다. 다 같이 힘겹게 밤을 지새우고 새벽이 찾아오고 날이 밝아지면 그 환자는 커다란 컵에 물을 가득 담아 가지고 마시곤 했다. 벌컥벌컥 목젖을 타고 물이 넘어가는 소리가 크게 들려왔다.

그 소리가 그렇게 부러울 수가 없었다. 나도 저렇게 소리를 내면서 한 번만이라도 물을 마셔보았으면 더 이상 소원이 없을 듯싶었다. 나중에는 아내가 쪽침상에서 음식을 먹어도 아예 음식 냄새조차 나지 않고 음식 먹고 싶다는 생각이 전혀 나지 않았다. 먹고 마시는 일은 이제 나하고는 상관없는 일이다 싶은 마음이었던 것이다.

가성낭종假性囊腫, 씨티 촬영 결과, 췌장 주변으로 물집이 잡히고 그것이 고름처럼 췌장을 에워싸고 있어 문제였다. 두 차례나 1층에 있는 수술실로 내려가 가성낭종에 바늘을 넣어 물을 빼내는 시술을 시도했으나 번번이 도중에 중단하고 말았다. 장비나 기술면에서 어렵다는 결론이었다.

나중에 알고 보니 그건 매우 고난도 기술이 요구되는 것이었고 위험천만한 시술이었는데 그때 차라리 손대지 않고 넘어간 것이 참 잘했다 싶었다. 만약 억지로 시도했더라면 어떤 일이 일어났을지 아무도 예단하지 못할 일이었기 때문이다. 이런 일에도 주치의 김안나 교수는 세심한 배려와 조심성으로 뒤에서 보살피고 있었다.

6인 병실로 옮기고 나서 다시 한 달이 지났을 무렵이다. 담당 의사가 찾아와 고민스러운 이야기를 털어놓았다. 내과적 치료가 한계에 이르렀다는 것이었다. 그러면 어떻게 하나? 남은 길은 수술밖에 없다는 것이었다. 눈앞이 캄캄했다. 나도 그런 생각을 조금씩 해오던 터라서 절망감은 더욱 커졌다.

그 절망 속에서 서울아산병원에 수술을 잘한다고 소문난 교수가 있다는 이야기를 들었다. 조심스레 김안나 교수에게 의중을 비추자 김 교수는 괜찮노라 흔쾌히 허락하면서 만약 서울아산병원으로 옮기게 된다면 자기가 소견서를 상세히 써준다고 했다. 자기가 이 병원으로 오기 전에 근무한 병원이 바로 서울아산병원이라 아는 의사가 많다는 것이었다.

오랫동안 머물던 병원을 나와서 서울로 향했다. 아침 여섯 시에 일어나 나름대로 준비를 했다. 짐을 꾸리는 일은 전날 저녁에 아들아이가 꼼꼼하게 챙겨서 해 두었던 일이다. 깜냥대로 짐이 많았다. 삼 개월 가까이 지내느라 쌓인 짐들이다. 이삿짐처럼 네모진 상자에 담아둔 것이 네다섯 개나 되었다.

나도 양복으로 갈아입고 구두를 신고 따라나섰다. 퇴원 수속을 마치지 못해 가퇴원하는 걸로 했다. 하루쯤 내 침대는 그냥 비어 있는 채로 남아 있을 것이다. 병실 문을 나서면서 침대를 돌아다보았다.

본래는 내 것이 아니었던 저것. 수없이 많은 환자가 스쳐갔을 철제침대. 병이 나아서 퇴원하는 길이라면 침대가 그렇게 유감스럽게 눈에 들어오지는 않았을 것이다.

옆자리 환자가 엘리베이터 타는 곳까지 따라왔다. 내 나이 또래쯤 되었을까. 키가 헌칠하니 크고 피부 빛깔이 검은 남자, 암 환자라 했다. 우리가 짐을 정리하면서 놓고 갈 수밖에 없는 몇 개의 화분을 자기가 맡아서 기르마 했던 사람이다. 그는 엘리베이터 문이 열렸다 닫힐 때까지 그 자리에 서서 배웅했다.

"서울 가 완쾌되기를 빕니다."

"선생님도 좋아지시길 바라겠습니다."

이름도 제대로 기억하지 못하고 어디서 사는 사람인지
도 제대로 알지 못하는 사람끼리, 오직 어려운 병을 앓고
있는 환자란 동질성 때문에 우리는 그렇게 안쓰러운 마음
하나로 작별인사를 했다.

자동차가 빠르게 달려 예정된 시간에 서울아산병원 정
문 앞에 우리를 내려줬다. 서울아산병원 이영주 교수란 의
사가 수술을 잘하는 의사라고 했다. 특히 이 교수는 간이
나 췌장 계통의 수술에 있어 국내 일인자라 했다. 짐을 내
리고 병원의 서관 1층에 있는 외과, 이영주 교수 진료실 앞
에서 기다렸다. 내 이름이 안내판에 아홉 시 십오 분에 진
찰받는 걸로 올라와 있었다.

이영주 교수는 첫눈에도 매우 날카롭고 냉정한 사람으
로 보였다. 눈초리부터가 가늘고 양쪽 끝이 약간 치켜져
올라가 있어 매서웠다. 이 교수는 김안나 소견서를 읽어보
고 나서 나를 건너다보았다. 그 눈길이 칼날처럼 써늘했다.

"벌써 죽었을 사람이 왔군요. 예전 어른들은 이런 병에
많이 걸렸지만 요즘 사람들은 이렇게까지는 되지 않습니
다. 수술을 받으시겠다고요? 열어보았자 떡이 되어 있을
텐데 열어보나 마나입니다. 그리고…… 이런 환자는 어떤
의사도 맡으려고 하지 않을 겁니다."

하는 말마다 절망적이고 부정적인 말뿐이었다.

"그럼 입원이라도 하고 싶은데 입원 수속은 어떻게 하나요?"

"아, 그거요? 얼마 전까지만 해도 외래에서 주선해드렸는데 지금은 관여하지 않습니다. 환자 자신이 알아서 할 일입니다."

그뿐이었다. 그것이 의사 면담 전부요, 진찰 전부였다. 새벽같이 일어나 잔뜩 기대를 걸고 어렵게 찾아왔는데 절망적인 말만 몇 마디 듣고 병실 마련조차 막막하게 되었으니 그야말로 눈앞이 캄캄해지는 일이었다.

진찰실 문을 밀치고 나오니 아내와 아들아이가 불안한 눈빛으로 바라보고 있었다. 한동안 우리 가족은 그 자리를 떠나지 못하고 멍하니 앉아 있었다. 이제 어쩐다? 병을 고치거나 수술받는 것은 고사하고 입원 절차부터가 절벽이었다.

우리가 세상 물정을 몰라도 너무 몰랐다. 일단 사위는 직장으로 출근하고 아내와 두 아이와 함께 방책을 찾아보기로 했다. 우선 응급실에라도 들어가 이제까지 맞던 주사라도 맞아야겠지 싶어 응급실을 찾았다. 그러나 그것 또한에 당초부터 오산이었다. 이미 응급실은 복도까지 두 줄로 대기 환자들로 가득 차 있었다. 가망이 없는 일이었다.

안내실 간호사에게 물었더니 과별로 순번이 다르긴 하지만 그런 식으로 병실 베드를 기다리려면 일주일이 걸릴지 그 이상이 걸릴지 모른다는 대답이었다. 갈수록 일은 어렵게 꼬이고 있었다. 하는 수 없이 아들아이의 핸드폰을 빌려 여기저기 전화를 돌려 도움을 요청해야 했다.

우리 사정이 딱해 보였던지 안내실 간호사가 인근에 있는 조그만 병원 하나를 소개했다. 우선 그 병원으로라도 가서 일주일 정도 입원해 있으면서 서울아산병원의 입원 수속을 밟노라면 침대가 생길지 모른다는 것이었다. 그 길 밖에는 다른 길이 없어 보였다.

병원 이름은 혜민병원. 조금 뒤에 응급실 앞으로 혜민병원 앰뷸런스가 도착했다. 아들아이는 병원에 남아서 입원 수속을 더 알아보기로 하고 아내와 딸아이가 앰뷸런스에 동승했다.

앰뷸런스를 타고 혜민병원 응급실 앞에 내렸다. 딸아이가 응급실 담당 의사에게 들고 온 진료일지를 보여주었다. 대충 진료 기록을 뒤적여본 담당 의사는 서울아산병원의 이영주 교수 비슷한 말을 했다.

"아, 이거 국내에서 구할 수 있는 좋은 항생제, 탑 파이브, 다섯 가지를 모두 써보았군요. 이렇게 되면 가망이 없겠는걸요."

가는 데마다 걸리고 듣는 말마다 날 선 소리, 안 좋은 말뿐이었다. 간호사의 지시에 따라 양복을 환자복으로 갈아입고 침대로 올라가고 있었다. 그때였다! 딸아이 핸드폰이 울렸다. 몇 마디 통화를 한 딸아이가 환한 얼굴로 말했다.

"아빠, 서울아산병원에 입원실이 났대요. 오빠가 지금 당장 서울 아산병원으로 돌아오래요."

이건 또 어떤 조화 속이란 말인가? 우리는 다시 앰뷸런스를 타고 서울아산병원으로 돌아왔다. 응급실 앞에서 기다리고 있던 아들아이가 입원 환자용 팔찌를 내밀었다. 비닐로 된 파란색 띠에 '35011316'이란 번호가 새겨져 있었다.

"나 참, 오늘 이거 하나 얻으려고 무지무지하게 고생했네."

아들아이가 한숨을 내쉬며 말했다. 그렇게 얻기 어렵다는 입원실을 어떻게 당일에 얻어냈을까? 대충 들어봐도 사연이 길고 복잡했다. 아까 대전 손기섭 교수에게 도움을 요청했는데, 그 전화가 주효했던 것 같았다. 그다음으로 아들아이의 끈질긴 노력과 상냥하고 진정어린 태도와 대화가 효과를 얻어낸 것 같았다.

그때부터는 일사천리로 입원 수속이 빠르게 진행되었

다. 동관 13층의 2인 병실. 처음 아들아이는 1인 병실이라도 좋고 특실이라도 좋으니 어떻게든지 입원실을 마련해달라고 통사정을 했다고 한다. 우리 아버지는 췌장염 환자라서 장기 입원할 수밖에 없는 사람인데 제발 도와달라고 울먹이며 말했다고 한다. 그랬더니 운 좋게도 그 어렵다는 2인 병실의 침대 하나가 허락됐다.

병실로 가서 침대에 누웠을 때 나는 혼절하기 일보직전까지 갔다. 두 아이들도 각기 자기들 처소로 돌아가고 다시금 아내만 내 옆에 남아 있게 되었다. 번번이 이렇게 마지막까지 남는 사람은 아내 한 사람뿐이었다. 그것은 실로 급박하게 돌아간 하루요, 땀에 절은 하루요, 매우 혼란스럽게 지나간 하루요, 5월인데도 으슬으슬 한기까지 들던 하루였다.

다음 날 정신 차려서 보니 병실에서 한강이 내려다보였다. 그렇게 아내와 나는 서울의 한 병원에서 하룻밤을 맞았다.

아내와 사이다 한 잔

공주에도 강북과 강남이 있다. 한강이 서울을 남북으로 갈라 강북과 강남을 만들 듯이 공주도 금강이 그 역할을 맡아 하고 있다. 그러나 공주의 강남과 강북은 서울의 그것과는 반대다. 강북이 신시가지가 있는 뉴 공주라면 강남은 구 시가지가 있는 올드 공주다. 그렇기 때문에 공주는 강북이 밝은 지역이고 땅값 또한 비싼 지역이다. 그러나 내 생활 근거지는 강남 지역, 올드 공주 쪽이다.

올드 공주 지역을 거닐다가 보면 그 중심 거리, 상가와 음식점이 어우러진 곳에 세차장이 하나 있다. 제법 넓은 공간을 차지하고 있는 세차장이지만 주변 거리와는 좀 어울리지 않는 듯한 느낌을 준다. 이 세차장에는 반백의 머리를 지닌 중늙은이 한 남자가 날마다 손으로 자동차 세차를 하는 걸 자주 볼 수 있다. 주인 되는 사람이다.

얼마 전까지만 해도 이 자리는 세차장이 아닌 음식점

이 있던 장소다. 그 이름은 미원. 한 시절 공주에는 '원'자 이름이 들어가는 식당이 여럿 있었다. 이 미원을 비롯하여 방원, 남원, 국원과 같은 이름의 음식점들이다. 이 음식점들의 특징은 한결같이 온돌식 방안에서 방석을 깔고 앉아서 음식을 먹는 집이란 점이었다.

미원집은 청어요리와 일본말로 '스키야키'라 불리는 음식을 잘했다. 비교적 음식 값이 서민적이고 음식 맛이 깔끔하여 양복쟁이 공주사람들이 즐겨 찾는 음식점이었다. 나도 한 달이면 여러 차례 이 집에 들러 음식을 사먹곤 했다. 손님이 왔거나 모임이 있을 때의 일이다. 모임이 있을 경우 대개는 내가 젊은 축이었으므로 돈 계산을 맡기도 했다.

때로 음식 값이 달리면 외상으로 달아두기도 했다. 그러다가 봉급 때가 되거나 모임의 경비가 마련되면 찾아가 외상값을 갚곤 했다. 때로는 시간이 없다는 핑계로 아내가 대신 음식 값을 갚으러 가기도 했다.

자동차가 흔치 않던 시절이라 금학동 집에서 제민천을 따라 걸어야 했고 아이가 둘이었으므로 한 아이는 걷게 하고 한 아이는 등에 업고 다녀야만 했다. 값싼 스웨터에다가 통치마 차림. 구두도 없어 슬리퍼를 신고 다니던 아내였다.

얼마나 초라한 행색인가. 그렇게 미원집에 찾아가서 외상 장부를 확인하고 여러 차례 외상값을 갚았다고 한다. 그즈음 아내의 나이 30대 후반. 창피한 생각도 없지 않았겠지만 남편이 부탁하는 일이니 불평 없이 따랐을 아내에게 이제 와 참으로 미안한 마음이다.

이마에 흐르는 땀을 닦으며 지갑에서 돈을 꺼내어 외상값을 갚고 나오려면 미원집 주인 할머니가 아내를 불러 세우곤 했다 한다.

"애기 엄마, 사이다라도 한 잔 들고 가구려."

그리고는 주방 쪽으로 큰 소리로 말했다는 것이다.

"여기 사이다 한 병만 가져와라."

한복을 곱게 차려입고 머리에 쪽까지 찐 주인 할머니가 따라주는 사이다 한 잔을 아내는 두 아이와 함께 나누어 마시고 다시 걸어서 제민천을 거슬러 올라 금학동 집으로 돌아오곤 했다고 한다.

시간이 오래 흘러, 아내와 나는 그 미원집이 있던 골목길을 지나친다. 아니, 세차장이 있는 골목길을 걷는다. 여전히 세차장엔 머리가 반백인 주인 남자가 자동차 손세차를 하고 있다. 그는 바로 한복을 곱게 차려입고 쪽을 꼈던 미원집 주인 할머니, 아내와 우리 집 두 아이에게 사이다 한 잔을 주었던 주인 할머니의 아들 되는 사람이다.

부부 1

겨우겨우 두 마리 짐승이 되다

마주 누워 머리칼을 쓰다듬어주기도 하고
거꾸로 누워 맨발바닥을 주물러 주기도 하고
잠을 잘 때도 마주 잡은 손 쉬이 놓지 못한다

겨우겨우 짐승이 사람보다 윗질인 것을
알게 되다.

부부 2

오래고도 가늘은 외길이었다

어렵게, 어렵게 만나 자주
다투고 울고 화해하고 더러는
웃기도 하다가 이렇게 늙어버렸다

고맙습니다.

어른이 된다는 것에 대하여

내가 오랫동안 알고 지내는 후배 시인 가운데 K 시인이 있다. 그는 몇 년 전 모친을 여의고 현재는 홀로 되신 부친을 모시고 사는데 그 부친이 연세가 높아 아흔 살을 넘기신 걸로 알고 있다.

만나는 기회에 부친에 대해 안녕하신가 물으면 그는 자기 부친에 대해 아주 자랑스럽고 만족스럽게 말하는 것을 여러 차례 들은 적이 있다. 그러한 반응은 그뿐만 아니라 그의 부인 쪽에서도 마찬가지였다.

K 시인의 말에 의하면 자기 아버지는 참으로 세상의 법이 없어도 사실 분이고 하늘이 내리신 것처럼 선하신 어른이라고 그런다. 그렇게 연로하신 어른이면서도 한 번도 집안에서 화를 내거나 짜증을 부리는 일, 얼굴 붉히며 말씀하시는 걸 본 적이 없노라 그런다.

언제나 자식들을 배려하는 마음으로 행동하시고 집안

에 도움이 되는 일을 생각하면서 사신다 그런다. 그러다 보니 아들딸뿐만 아니라 손자 손녀들까지 할아버지를 좋아하고 가까이 따른다고 한다.

나아가 그 어른은 동네의 젊은 이웃들과도 특별하고 돈독한 관계로 사신다 그런다. 마을 젊은이들이 모두 그 어른을 따르고 존경하고 좋아하지만 그 가운데 한 젊은이가 특히 이 어른을 모시고 다니며 때맞춰 이발도 시켜드리고 이것저것 시중도 들어드리는데 K 시인의 부친께서는 이 젊은이를 또 다른 자식처럼 여기고 해마다 채소 농사를 따로 지어 젊은이에게 가져다주신다 그런다.

하기는 세상일이란 일방통행이 없게 되어 있다. 손뼉도 둘이 마주쳐야 소리가 나듯이 한쪽만 잘한다거나 노력해서 좋아지는 일은 어디에도 없는 것이다.

나도 이분의 인품에 대해 멀찍이 뵌 일이 있다. K 시인이 대전에서 주는 어떤 큰상을 받는 날이었다. 축하해주기 위해 가족들이 모두 모였다. K 시인의 부모님도 참석한 자리였는데 수상식이 끝나고 점심 먹는 자리가 마련되었다.

나도 축하객 입장으로 그 자리에 끼어서 식사를 하고 있었다. 식사가 어느 정도 끝날 때쯤이었다. K 시인의 막내아들이 음식을 남기며 수저를 내려놓았다. 그때 K 시인의 부친, 그러니까 K 시인 아들의 할아버지께서 하시는 말씀이 의외였다.

"왜 밥맛 없으셔. 그러지 말고 더 드셔."

이건 할아버지가 손자아이에게 하는 어법이 아니다. 친구 사이에 하는 말이고 그것도 점잖게 상대방을 높여서 하는 말씨다. 나는 의아한 눈길로 두 사람을 보았을 것이다. K 시인의 아들아이가 할아버지의 말을 받았다.

"밥맛이 없어요. 그만 먹을래요."

그 말씨 또한 공손하고 부드러웠다. 나는 처음 K 시인 부친이 농담으로 그러시는 줄 알았다. 그러나 할아버지와 손자 사이에 오가는 대화의 분위기로 보아 그건 농담조가 아니고 평소에도 늘 그렇게 대화한다는 것을 짐작할 수 있었다.

K 시인이 전하는 말로는 자기의 부친이 평생을 살면서 후회되거나 잘못했다거나 부끄러운 일이 별로 없는데 딱 한 가지 참 많이 부끄럽고 후회되는 일이라고 말씀하시는 사건이 있다고 한다. 그것은 사람에 관한 일이 아니고 짐승에 대한 일이라 한다. 짐승 가운데서도 소에 관한 것이라 한다.

K 시인이 어려서 학교에 다닐 때 K 시인 집에는 커다란 어미 소 한 마리를 기르고 있었다 한다. 그런데 K 시인 형제들 학비를 대기 위해서 그 소를 팔아야만 했다 그런

다. 소 장수가 와서 외양간에서 소를 끌고 갈 때 정성껏 기르던 소라서 마음이 아렸지만 그래도 자식들 학비 때문에 그러는 것이니 어쩔 수 없는 일이거니 체념할 수밖에 없으셨다 한다.

그런데 일은 그다음 날 일어났다는 것이다. 소 장수에게 끌려간 것이 분명한 팔려간 소가 사립문을 주둥이로 밀치고 마당으로 들어와 외양간으로 들어가더라는 것이었다. 물론 조금 뒤에 소 장수가 들이닥쳤을 것은 뻔한 일.

소 장수의 손에 의해 소는 다시금 외양간에서 끌려 나왔고 마당을 지나 사립문을 빠져나갔다 한다. 그때 끌려가는 소가 뒤를 돌아보았다는 것이다. 커다란 두 눈에 가득 눈물을 머금고 뒤를 바라보는데 그 눈을 그만 K 시인의 부친이 보셨다는 것이다. 그러니까 짐승의 눈과 사람의 눈이 마주쳤던 것이다.

"그때 내가 참 잘못했어. 그렇게 집으로 돌아온 소를 소 장수에게 넘겨주지 말았어야 하는 일이었어. 그때 소를 다시 찾았어야 하는 건데……."

한숨을 쉬면서 K 시인의 부친은 그 일을 못 잊어하며 오랜 세월 되풀이 말씀하셨다는 것이다.

나이 먹는 건 쉬울 수도 있다. 하지만 어른이 되기 위해서는 자꾸 젊은 쪽을 바라보고 '어떻게 저 아이들한테 도움을 줄까?', '저 아이들하고 공존을 할까?' 그런 생각을 해야 한다. 어른은 그냥 되는 게 아니다.

평생을 두고 존경하며 따를 수 있는 어른이나 선배가 있다는 건 매우 행복한 일이다. 보람된 인생이다. 가족 구성원 가운데에서 그런 분이 있다는 건 더욱 행복한 일이고 보람된 인생이다. 그렇게 청춘을 바라보는 어른이 있을 때, 청춘은 비로소 어른을 바라볼 수 있다.

아주 특별한 학용품

특별한 우편물 하나를 받았다. 미국 로스앤젤레스에 사는 젊은 수필가 하정아 씨로부터 보내왔다. 네모진 종이 상자인데 부피가 제법 컸다. 상자를 열어 내용물을 확인하지 않아도 그 안에 무엇이 들어 있는지 짐작이 가는 일이었다. 하정아 씨로부터 걸려온 국제전화 통화에서 그림도구를 보내겠노라는 이야기를 미리 들었기 때문이다.

얼마 전, 하정아 씨에게 연필로 그린 내 그림 몇 점과 책 한 권을 부쳐준 일이 있다. 그림은 병원 생활 도중에 그린 풀꽃 그림들이고 책은 지난해 연말 방송국에서 가진 음악회 악보집이었다.

하정아 씨는 내 연필그림을 좋게 보아 전화를 했을 때에도 그 이야기를 길게 했었다. 그러면서 그림 도구들을 부치고 싶은데 어떤 것을 부치는 것이 좋겠느냐 되풀어 물었다. 여기에도 그림 도구들이 많으니 꼭 부쳐주고 싶으면

파스텔 한 갑, 그림연필 몇 자루 정도만 부쳐달라 하기도 했었다.

얼핏 보기로도 종이상자 안에 들어 있는 물건이 만만치 않았다. 조심스럽게 상자를 열었을 때 안에서 아주 많은 물건이 쏟아져 나왔다. 24색 파스텔 한 갑. 36색 크레파스 한 갑. 24색 색연필 한 갑. 24색 드로잉 색연필 한 갑. 스케치용 흑색연필 열두 자루. 디자인용 지우개 네 개와 연필 네 자루 그리고 연필깎이 하나.

모두가 전문가용으로 이건 좀 나에게 과하다 싶었다. 이럴 줄 알고 전화 통화에서 여러 번 부탁을 했건만 엄청난 물건들이 오고야 말았다. 번번이 이렇게 하정아 씨는 되로 받고 말로 갚곤 한다.

우리 나이 또래 다른 이들도 그러하겠지만 내 어려서 학교에 다닐 때는 학용품이 매우 귀했다. 그래서 아이들에겐 학용품이 가장 좋은 선물이 되었다.

6·25전쟁 이후 늦은 나이에 군대에 입대한 아버지가 휴가 나올 때 가져다준 미제 학용품을 선물로 받은 일이 몇 차례 있었다. 아마도 초등학교 5학년 때였지 싶다. 재일교포였던 큰아버지로부터 받은 일제 학용품은 너무나 눈부신 것들이었다.

그때 받은 플라스틱 필통은 비록 뚜껑이 없어졌지만

아직도 내가 간직하고 있는 초등학교 시절의 유일한 흔적이다.

　학용품과 연결 지어 또 잊히지 않는 기억은 미국의 구호물자로 온 학용품에 관한 것이다. 미국 구호물자는 대개 먹을 것, 입을 것들이 대부분이었지만 가운데는 드물게 학용품이나 장난감 종류도 있었다.

　어느 날 담임선생님은 우리 반에도 구호물자로 온 학용품이 있으니 그걸 나누어준다고 했다. 그러나 물건이 한 종류가 아니고 크기도 달라 가위바위보를 해서 나누어준다고 했다. 나는 크레용을 가지고 싶었다. 12색짜리 크레용이었다. 반 아이들은 두 명씩 불려 나가 서로 등을 기대고 팔을 올리고 가위바위보를 했다. 끝까지 이겨 남은 아이가 가장 좋은 것을 가져갔다.

　내게는 끝내 연필 한 자루도 차례가 오지 않았다. 그때 내 손에 들려진 것은 양철로 만들어진 매미 모양의 조그만 장난감 하나였다. 배꼽 부분을 누르면 매미 소리 대신 딱, 딱, 소리가 났다. 그래도 나는 그 장난감을 오래 가지고 다니며 놀았다.

　어른이 되고 나서 누군가로부터 학용품을 받아본 일은 없다. 오늘처럼 학용품을 기쁜 마음으로 받기는 처음이다. 마치 다시 초등학생으로 돌아간 느낌이다. 멀리 미국에서 어여쁜 누나가 보내준 학용품을 한 아름 받은 아이의 심정이다.

하정아 씨로부터 받은 그림 도구들은 바라보기만 해도 찬란할 정도다. 그러나 나는 이 물건들을 곧장 쓰지는 못할 것이다. 한동안 책상 위에 올려놓고 눈을 맞추거나 상자 속에 넣어둔 채로 낯을 익히는 기간을 가질 것이다. 물건에 대해서도 낯을 가리는 습관이 있기 때문이다.

머잖아 한두 차례 비가 내리고 햇빛이 환해지면 꽃들이 피어나고 나무나 풀들이 컬러의 세상으로 돌아올 것이다. 그렇게 되면 하정아 씨가 보내준 그림 도구들이 내 손에 잡히게 될 것이다. 이것이 또 새롭게 봄을 기다리게 하는 이유가 된다. 앞으로도 보다 많은 날을 이 땅 위에 살아 있는 한 사람이고픈 열정을 준다. 참 고마운 일이다.

내가 세상에서 방황할 때

서울아산병원으로 와 외과에서 내과로 옮기고, 그 과정에서 심각한 말을 많이 듣고 수술도 안 된다고 해서 이제는 정말로 죽는 게 아닌가 하는 생각이 들기 시작했다.

낮 시간은 그렁저렁 보낸다 해도 밤 시간은 너무나 지루하고 겁이 나고 길었다. 잠이 오지 않았다. 아니, 잠을 이룰 수가 없었다. 병실에서 소리 내어 기도하는 건 다른 환자들에게 피해가 되기도 하고 싫어하기도 하니까 아내와 병원 구석진 곳을 찾아다니며 숨어 들어가 기도를 드렸다.

병원엔 우리가 만만하게 찾아가 기도 드릴 은밀한 공간이 많지 않았다. 복도 끝 환풍기가 있는 곳, 안 쓰는 엘리베이터 부근이거나 화장실 앞이나 비워놓은 사무실 앞 같은 곳을 찾아내어 그리로 가 무릎을 꿇곤 했다. 밤마다 그렇게 했다. 오지 그 길밖에는 없었다. 딴 방법이 없었다.

이제는 내 편에서 아내에게 기도를 청하기도 했고 나

자신 소리 내어 기도를 하기도 했다. 기도를 드릴 때마다 울음이 솟아 나왔다. 가슴 깊은 데서부터 우러나오는 울음이었다. 번번이 얼굴은 콧물 눈물로 범벅이 되곤 했다.

병원 13층에서 내려다보면 서울 야경이 아름답게 보였다. 한강에 거꾸로 비친 불빛이며 올림픽대교의 불꽃탑이 너무도 아름다워서 더욱 서러운 심정이었다.

침대에 누워서 많은 생각이 오고 갔다. 그건 생각이라기보다는 후회와 반성 일색이었다. 생각해보니 참으로 잘못한 일, 잘못 산 일들이 너무 많았다. 개인 생활, 가정생활, 직장이나 사회생활을 통틀어 별로 잘한 일이 없었다. 우선 가족들에게 잘해주지를 못한 점이 후회스러웠다.

딸아이에게는 그런대로 괜찮았다. 학교도 좋은 학교를 나왔고 결혼해 좋은 남편 만나 잘 살고 있기 때문에 그래도 덜 걸리는 마음이었다. 그러나 아내와 아들아이한테는 많이 미안한 마음이었다. 신경질을 많이 보여주었던 일, 폭언이나 폭행했던 일, 모질게 대한 일, 돈이 없어 고생시킨 일, 술을 많이 마시고 집에 돌아와 심하게 주정을 했던 일들이 새록새록 떠올라 괴로웠다. 그래도 이제는 아무런 일도 다시는 고쳐 할 수도 없고 과거로 돌아갈 수 없기에 더욱 괴로웠다.

생각해보면 나는 참 오만하고 아집이 강한 인간이었고

이기적인 사람이었다. 실속 없이 이 여자, 저 여자 오랜 세월을 두고 좋아하고 집적거리며 따라다닌 일도 후회막급이었다. 그 여자들 지금은 어디에 있는가? 나에게 무슨 의미를 주고 있는가? 정신적인 것도 간음이라는데 그런 것도 많이 반성되었다.

더러는 본의 아닌 일로 남의 돈을 갚지 않은 일, 좋게 말해서 갚지 않은 것이지, 떼먹은 일도 낱낱이 생각이 떠올라 괴로웠다. 고등학교 다닐 때, 공주 시내 봉황서림 주인에게 차비를 빌리고 안 갚은 일, 월남에서 귀국할 때 전우에게 백 달러를 빌리고 안 갚은 일, 청주식당 여자 주인에게 음식 외상값 만오천 원을 주지 못한 일, 문광사 서점 주인이 부도가 나서 야반도주함으로써 자동적으로 수월찮은 액수의 책값을 떼먹은 일 등등. 더러는 본의가 아니었다 하더라도 잘못한 일은 잘못한 일이었다.

결단코 갚으리라. 병원을 나가기만 한다면 무슨 수를 쓰더라도 갚으리라. 할 수만 있다면 머릿속, 가슴속, 몸속 구석구석에 숨어 있는 죄악의 찌꺼기들을 남김없이 토악질해내고 싶었다. 그런 다음 죽더라도 깨끗한 몸과 맘으로 죽고 싶었다. 그런 마당에 할 수 있는 일은 기도밖에 없었다. 울면서 울면서 드리는 기도였다.

"주님이시여. 나의 아버지 하나님이시여. 저는 지금 막

다른 골목의 담벼락 앞에 서 있고 벼랑 끝에 서 있습니다. 주님께서 밀어내시면 떨어질 수밖에 없고 죽을 수밖에 없습니다. 주님이시여, 아바, 아바, 아버지시여. 부디 저를 버리지 마시고 밀어내지 마시고 구하여 주옵소서. 주님의 선하고 바르고 아름답고 힘 있는 오른팔로 저를 붙잡아주옵소서. 선택해주옵소서. 부디 버리지 말고 선택해주옵소서."

한 번도 주의 깊게 생각해보지 않았던 '선택'이란 용어가 저절로 마음속에서 떠올랐다. 또 이런 기도를 드리기도 했다. 그것은 내 희망 사항이고 다짐이기도 했다.

"하나님, 저를 선택해주기만 하신다면 이렇게 살겠나이다. 첫째, 신자로서 하나님 보시기에 아름다운 신실한 사람으로 살겠나이다. 둘째, 가족들을 위해서 가족들 옆에서 아내와 아들아이와 딸아이의 좋은 보호자로 살기를 소망합니다. 셋째, 이제부터는 조그만 노인이 되어 자신의 생애를 완성하는 사람이 되고 싶습니다."

어느 날 아내가 나에게 물었다.

"여보, 그렇게 살고 싶어요?"

"그래, 살고 싶어."

"정말로 살고 싶어요?"

"정말 살고 싶어."

"얼마나 살고 싶어요?"

"팔뚝 하나를 잘라내더라도 살고 싶어."

"그럼 그 남은 팔뚝으로 무얼 할 건데요?"

"응, 우리 교회에 나가 청소를 하고 싶어."

아내는 내가 마지막으로 한 말인 교회에 나가 청소를 하고 싶다는 건 지금이니까 그렇지, 내 성격이나 인간 됨됨이나 취향으로 보아 실천 불가능한 일이니 함부로 발설하지 말라고 다짐을 두었다. 아내가 나중에 이때의 일을 이렇게 말해주기도 했다.

"을지병원에서까지만 해도 깨어지고 녹아지고 부서지지 않았어요. 인간적인 오만과 고집스러움이 그대로 남아 있었어요. 여전히 단단하다는 느낌이었어요. 그런데 서울아산병원에 와서는 모든 걸 놓고 오직 자기 생명줄 하나만 붙잡고 있는 것 같았어요."

'기도가 쌓일 만큼 쌓여야 그 바라는 바가 이루어진다'는 말이 있다는데 과연 그런가 싶었다. 간절한 마음, 매달리는 마음으로 아주 많이 기도를 드리며 조금씩 무언가 달라지는 것을 느꼈다.

부탁 2

너무 멀리까지는 가지 말아라
사랑아

모습 보이는 곳까지만
목소리 들리는 곳까지만 가거라

돌아오는 길 잊을까 걱정이다
사랑아.

나는 오늘 산을 그렸다

병상에 누운 지 넉 달째. 처음 입원했던 대전 병원에서 서울 한 병원으로 옮겼다. 2차 진료기관에서 3차 진료기관으로 옮긴 것이다. 많이 늦은 느낌은 있지만 그래도 늦은 때가 빠른 때란 말을 믿고 저지른 일이었다.

병실에서 한강이 내려다보인다. 서울의 강이며 우리의 강. 민족의 한과 기쁨과 역사를 가슴에 안고 침묵으로 흐르는 강. 사흘 밤낮을 꼬박 내려다본 한강은 크고도 넓고도 넉넉했다. 지금껏 보아온 어떠한 강물보다 너그러운 강물이었다. 맑고도 푸르고 융융한 흐름을 지닌 강물은 푸근한 모성의 품을 연상케 했다.

강물은 우리에게 흐르는 마음을 준다. 출렁이는 마음, 설레는 마음도 준다. 하지만 지금의 나에게는 안정된 마음이 절실하게 필요하다. 고요하고 그윽하고 평화로운 마음이 요구된다. 나처럼 감성적이다 못해 격정적이기까지 한 사람은 듣고 보는 모든 것들의 영향을 쉽게 받기 때문에 더더욱 그러하다.

강물이 보이는 병실에서 옮겨진 병실은 다행히 동쪽 방향에다가 산줄기가 건너다보이는 방이었다. 아파트 수풀 너머로 보이는 산줄기는 그 선이 그럴 수 없이 아름다웠다. 어떤 것은 기와지붕 모양으로 보였고 어떤 것은 초가지붕 모양이기도 했다.

아침마다 산봉우리들은 해를 등에 지고 내게로 다가오곤 했다. 날씨가 맑은 날이면 더욱 아름다운 자태를 자랑하곤 했다. 날마다 아침마다 산을 바라보는 것이 일과가 되다시피 했고, 또 산을 바라보는 일은 커다란 위안을 안겨주었다.

저 산을 그려보면 어떨까? 여러 날을 마음속으로만 망설이다가 어느 날 끝내는 연필을 들었다. 양쪽 팔뚝에 링거 줄이 꽂혀 있지만 연필을 꼬나잡은 손가락에 힘이 솟았다.

아름다운 산의 능선만 보면 가만히 있지 못하던 내가 아니던가……. 절로 마음이 뜨거워지고 미치던 내가 아니던가……. 울멍울멍 이어진 산의 능선을 눈빛으로 붙잡아다가 천천히 종이 위에 고정시켜 나갔다.

아, 다 그렸다! 가슴속으로 찌르르 쾌재가 왔다. 대학노

서울 아산병원 138-36명원에서 2007. 6. 15 나태주

트 크기 한 장일 뿐이지만 연필로 바탕 그림을 그리고 그 위에 붓펜으로 덧칠을 하다 보니 제법 많은 시간이 흘렀다. 근경으로 아파트 마을을 그리고 중경으로 야산을 넣고 그 위에 물결쳐 간 먼 산줄기를 그렸다. 그림을 다 그리고 나니 저녁의 지는 햇빛이 산의 능선을 비추고 있었다.

산줄기는 그 능선만 있는 것이 아니라 봉우리로부터 아래쪽으로 내리닫는 골짜기의 선도 있었다. 거기에는 짙고 엷은 색깔의 음영까지 가 있어서 더욱 산을 신비롭게 보이도록 했다.

아, 그렇구나. 지는 햇빛 아래서 바라볼 때 산의 진짜 모습, 그 진가가 나타나는 거구나. 다음번에 산을 그릴 때는 이런 것들도 충분히 참고해야지. 그것은 나에게 하나의 조그만 발견이었고 조용한 기쁨이었다.

병상에 누운 사람이 무슨 그림을 그리고 산의 이야기를 들먹이느냐고 핀잔을 하는 사람이 있을지 모른다. 하지만 오늘 산을 그리므로 마음속으로 그 누구도 짐작하지 못할 은밀한 정신의 희열을 맛본다. 마음의 힘을 느낀다.

좋아지겠지. 내일은 오늘보다 더욱 좋아질 거야. 그럼, 그렇고 말구. 믿어야지. 분명 그럴 거야. 종이 속에 그려 넣은 산봉우리들은 나이 많고 지혜로운 노인처럼 나를 향해 고개를 끄덕거려 주는 것만 같다.

아, 오늘은 산을 그린 날. 기쁘다. 고맙다. 나는 오늘도 이렇게 살아서 숨 쉬고 있는 한 사람이구나! 이 얼마나 감사한 일일까 보냐.

늙은 사람도 늙은 사람에게 배우지요

나는 해마다 두 차례 특별한 고기를 산다. 설날과 추석이 오기 며칠 전. 많은 고기도 아니다. 겨우 쇠고기 두 근. 정육점 주인에게 보다 연하고 부드러운 고기, 국거리로 쓰일 고기를 달라고 부탁하기도 한다.

고기를 사가지고 찾아가는 집은 한 선배 교장 선생님의 아파트. 초인종을 눌러 주인을 불러낸 뒤 살그머니 고기를 드리고 돌아오곤 한다. 그렇게 기분이 좋고 홀가분할 수가 없다. "보잘것없는 물건이지만 조그만 성의로 알고 받아 주십시오"라는 말을 덧붙이기도 한다.

언제부터 그랬을까. 아마도 교장이 되고부터였을 것이다. 교장이 되기 전까지만 해도 나는 명절이 되면 모시고 있던 교장 선생님을 위해 고기를 사곤 했다. 그때도 역시 쇠고기 두 근. 정작 내가 교장이 되고 보니 고기를 사 가지고 찾아갈 만한 윗사람이 없었다.

명절 때가 되어 누군가를 찾아가기도 하고 고기 같은 걸 주고받는 것도 좋은 풍속이고 인간다운 일인데 그럴 수 가 없다는 사실이 섭섭했다. 누군가 고기를 사가지고 찾아 가는 사람이 있었으면 좋겠다는 생각이 들었다.

선배 한 분이 떠오른다. 사범학교 4년 선배가 되는 분 인데 평교사 시절 같은 학교에서 근무하기도 했고 옆 학교 교장으로 같이 지내기도 한 분이다. 공주로 이사 온 뒤 아 이들 문제, 교직 성장의 문제, 가정 문제 등 여러 가지 힘 겨운 일이 생기면 서슴없이 찾아가 의논을 드리고, 많은 조언을 받던 선배다.

말하자면 학교나 직장 선배에 이어 인생 선배가 되었 던 분이다. 이 분이 대단한 식견을 가지고 있어 그런 게 아 니다. 언제나 온건하고 합리적이고 좀 더 장기적인 충고가 나에게 많은 도움이 되었다.

주변에 둘러봐도 조언할 사람이 없다는 건 슬픈 일이 지만 정신 차리고 다시 보면 조언할 사람은 많다. 우리가 그 사람의 말을 지나치기 때문에 모르고 살 때가 많기 때 문이다. 사람은 혼자 살 수 없고, 지금의 선택을 하기까지 수많은 사람의 도움이 있었을 것이다. 마음의 벽을 허물면 다 들린다.

해마다 이렇게 두 차례 음력 명절에 고기를 사는 건 딱히 그 선배만을 위해서 그러는 건 아니다. 많이는 나 스스로를 위해서 그러는 것이다. 이것도 이기적인 일이라면 이기적인 일이 될 것이다. 명절이 되어도 명절 선물을 가져다 드릴 윗사람이 한 분도 없다는 것은 얼마나 썰렁하고 서글프기까지 한 일이겠는가.

명절을 당하여 선배에게 고기를 사다가 드려서 나는 커다란 위안을 받는다. 아, 올해도 이렇게 두 차례 명절이 찾아왔고 또 내가 좋아하는 분에게 명절 선물을 할 수 있었구나. 그것은 나에게 한 해를 무사히 잘 살았노라는 따뜻한 마음의 한 이정표를 만든다.

이렇게 명절을 보내고 이틀이나 사흘 정도 지나면 그 선배는 꼭 우리 내외를 당신 집으로 부르거나 음식점으로 나오라 해서 음식 대접을 한다. 선배만의 답례다.

병원에 들어가기 전에도 설날을 보내고 며칠 뒤 저녁 식사를 함께하기도 했다. 그렇게 병원에 들어가 여섯 달을 지내고 퇴원해서 그나마 기력을 찾아 추석 명절을 다시 맞이하게 됐을 때다. 추석을 맞으며 무엇보다도 그 선배에게 쇠고기 두 근을 거르지 않고 사다드릴 수 있어서 기뻤다. 아직 다리가 실하지 못하여 내딛는 걸음이 휘뚱거렸지만 마음만은 상쾌하고 좋았다.

선배도 내가 사 들고 간 고기 꾸러미를 받으며 얼굴 가득 환한 미소를 지었다.

"무엇보다도 이렇게 나 교장이 명절 때, 우리 집에 다시 올 수 있어서 기쁜 일입니다."

선배는 한참 후배인 나한테도 꼬박꼬박 경어를 쓴다. 앞으로 나는 그 선배에게 몇 번이나 더 명절을 맞아 쇠고기 두 근을 사가지고 갈 수 있을 것인가? 가능한 한 여러 차례 그러고 싶다. 그러나 이런 소망 자체도 하나의 과욕인지 모르겠다.

나는 오늘 밥을 먹었다

말이니 그러하지 105일만의 일이다. 105일 동안 입으로 아무것도 먹지 못하고 살았다. 계속되는 형벌의 날들이었다. 오히려 먹는 것은 없고 땀과 눈물만 흘리며 견딘 날들이었다. 땀이라도 그냥 땀이 아니다. 진땀이었다. 온몸을 적시며 는개처럼 흘러내리는 땀이었다.

무엇보다 먼저 먹고 싶었던 것은 물이었다. 물을 시원스럽게 한 컵 마시는 것이 소원이었다. 그러나 결코 그럴 수 없는 처지에 놓여 있었다. 하도 오랫동안 목구멍과 식도와 위장을 사용하지 않아서 물 마시는 일조차 함부로 할 수 없는 처지였다.

6월 9일. 물을 먹어보는 것이 좋겠다는 이성구 교수의 권고가 있었다. 아내가 지하층 상점에서 사다가 컵에 따라준 물을 숟가락으로 떠서 입으로 가져갔다. 두려운 생각이 들었다. 이러다가 또 탈이 나고 열이라도 나면 어쩌나?

영양사가 찾아와 물을 베어 먹고 씹어 먹으라고 일러 주었다. 물을 베어 먹고 씹어 먹으라고? 나는 숟가락으로 떠올린 물을 입술로 조금씩 베어다가 여러 차례 씹은 다음 목구멍으로 넘겼다. 그렇게 하기를 닷새 동안 계속했다. 그때 비로소 물도 베어 먹어야 하고 씹어 먹어야 한다는 것을 알게 되었다.

6월 14일의 아침 식사 시간, 미음 한 그릇이 간장과 함께 제공되었다. 아주 맑은 미음이었다. 바닥이 들여다보일 정도로 농도가 약한 음식이었다. 역시 조금씩 떠다가 여러 번 씹은 다음 목구멍으로 조심스럽게 넘겼다. 맑은 미음 먹기 이틀, 짙은 미음 먹기 또 이틀. 그런 뒤로는 죽이 나왔다. 다시 죽 먹기 사흘.

일주일을 보내고 밥이 나왔다. 나는 밥의 양이 적은 사람이라 반 그릇도 먹지를 못하고 남기곤 했다. 담당 레지던트는 밥의 양을 늘리라고 말했지만 쉽게 늘려지지 않았다. 그렇게 밥을 식도로 넘기는 일이 다행스러웠고 밥을 먹고 나서도 예전에 그랬던 것처럼 열이 나지 않고 배가 아프지 않은 것만 고마웠다.

음식을 먹기 시작하고 입맛이 당겨지면서 가장 많이 찾은 것은 채소 종류와 과일 종류였다. 푸른 잎 무김치와 오이소박이, 과일 종류라도 토마토가 좋다 하여 방울토마

토를 아주 많이 먹었다. 한동안 그렇게 채소와 과일을 먹다 혈액검사에서 지적받은 적도 있다.

그런 음식 속에 들어 있는 전해질 가운데 하나인 칼륨(포타슘) 성분이 과다하게 축적되었다는 것이었다. 칼륨은 미네랄의 일종으로 사람의 몸에 필요한 것이요, 이로운 것이지만 적정치를 넘으면 심장마비를 일으키는 원인이 될 수도 있다고 했다. 갑작스레 혈액을 다시 채취하고 새로운 약 처방이 내려지는 등 법석이 있었다.

오랜 금식에서 풀려나 음식을 먹으면서 입맛이 예전하고 많이 달라졌다는 것을 알게 되었다. 그건 혀가 단맛, 즉 당분을 거부한다는 것이었다. 병원 음식 가운데 설탕이 가미된 반찬 종류가 꽤나 있었다. 그렇게 설탕이 첨가된 음식을 입에서 거부한다는 것이었다. 누구보다도 단 음식을 좋아했는데 단 음식을 거부하다니, 이 또한 놀라운 변화라면 놀라운 변화였다. 아무리 먹어보려 해도 느끼한 맛이 입맛에 당기지 않았다.

이런 이야기를 듣더니 아들아이가 말했다. 좀 색다른 의견이긴 하지만 그럴 수도 있구나 싶기도 했다.

"아버지 혀가 그동안 포맷이 되어서 그럴 거예요. 컴퓨터 소프트웨어를 포맷하는 것같이 말이에요. 지금까지 적응되어 있던 미각, 쌓였던 미각들을 금식하는 동안 밭갈이

하듯 다 지워버려서 그럴 거예요. 그래서 아버지의 혀가
처음 태어났을 때의 어린 아기의 미각으로 돌아간 것일 거
예요."

수녀님과 가수

식사를 하기 시작하면서 조금씩 몸 상태가 좋아지고는 있었으나 병원 생활이 오래 지속되다 보니 여러모로 힘든 점이 많았다. 그 가운데서도 아내의 건강이 점점 무너지고 있는 점은 참으로 안타까운 일이었다. 나로선 유일하게 기댈 마지막 언덕인데 그녀의 건강이 바닥이 나고 있는 것이었다.

그도 무리는 아니었다. 다섯 달 가까이 계속된 간병인 노릇이었다. 감기, 몸살, 변비, 운동 부족, 소화불량, 체중 증가……. 거기다가 불안과 초조함에 조울증까지 겹쳐 환자가 보기에도 아내는 위태로운 상태였다.

그러면서도 쉽게 병실을 떠나려 하지 않는 아내를 달래어 공주에 있는 집에 내려가 한 차례, 서울 딸네 집에 두 차례 가서 지내다가 돌아오도록 했다. 어떻게 하든지 내가 빨리 병이 나아서 퇴원하는 길만이 완전한 문제 해결인데 그것이 제대로 안 되어 답답하던 날들이 계속되고 있던 어느 날이었다.

병실 전화기로 전화 한 통이 걸려왔다. 아내가 전화를 받았다. 전화의 주인공은 김정식 씨. 김정식 씨는 지난해 여름, 공주에서 처음으로 만난 적이 있는 분인데 오래전 대학생 창작가요제에서 금상으로 입상한 가수였다.

이해인 수녀가 공주로 강의를 하러 왔을 때 같이 와서 노래를 불러준 바 있었다. 이해인 수녀도 실은 지난해 여름 처음 만났는데 김정식 씨도 그때 처음으로 알게 됐다. 전화 내용은 그 김정식 씨가 병문안 겸 병실로 찾아와 노래를 불러주겠노라는 것이었다.

이러한 전후 사정을 잘 알지도 못했거니와 심정적으로 불안정하던 때였는지라 아내는 자세히 전화 내용을 들어보지도 않고 일언지하에 병실에서는 노래 같은 걸 부르면 안 된다고 말하고 전화를 끊어버렸다.

좀 아쉬운 감이 없지 않았지만 나로서도 어찌할 도리가 없었다. 실상 병실 안에서는 악기 연주나 노래 부르는 일이 금지되어 있었다.

간혹 목사나 신부가 방문하여 신도들과 찬송가를 부르는 일조차 허락되지 않고 있었다. 이런 점은 서울아산병원이 특히 철저하게 관리되고 있었다. 며칠 후 병실로 한 낮

선 의사가 찾아왔다. 중년을 좀 넘겼지 싶은 건장한 남자 의사였다.

의사는 자기가 서울아산병원의 종양내과에서 일하는 서철원 교수라고 소개했다. 그러면서 이해인 수녀 이야기를 꺼냈다. 청년 시절부터 이해인 수녀의 시를 좋아해 편지를 주고받던 독자인데 그 이해인 수녀로부터 가수 김정식 씨가 내 병실로 찾아가 노래를 부를 수 있도록 배려해 달라는 전화를 받았다는 것이었다. 아마도 아내가 안 된다 하니까 김정식 씨가 이해인 수녀에게, 다시 이해인 수녀가 서철원 교수에게 릴레이식으로 이야기가 전해졌던 모양이다.

서철원 교수는 13병동의 수간호사에게 이런 전후 사정을 밝히고 허락을 받아주겠다고 말하고 돌아갔다. 아닌 게 아니라 서 교수가 다녀간 뒤 얼마 지나지 않아 수간호사가 찾아와 병실에서 노래 부르는 것은 안 되지만 휴게실에서는 노래를 불러도 좋다는 말을 했다.

일은 급하게 이루어지고 있었다. 그날 오후 두 시에 김정식 씨가 기타가 든 커다란 가방을 들고 병실로 찾아왔다. 두 번째의 만남이었다. 아내와 나는 김정식 씨를 휴게실로 안내했다. 수간호사가 따라와 휴게실에 미리 와 있던 환자와 보호자들에게 양해를 구했다. 그에 더해 간호사나 환자나 보호자 가운데 노래를 들을 만한 사람들에게 노래를 들으러 휴게실로 가보라고 홍보하는 일까지 맡아주었다.

아내와 내가 휴게실의 가운데 의자에 앉고 김정식 씨가 내 앞자리에 접의자를 가져다 놓고 앉아 기타를 연주하며 노래를 불러주었다. 노래는 모두 세 곡 〈사랑하는 마음 내게 있어도〉, 〈풀꽃〉, 〈제비꽃〉. 모두가 내가 쓴 시를 노랫말 삼아 김정식 씨가 직접 작곡한 노래들이었다.

김정식 씨는 미성의 가수이다. 나지막하지만 부드럽고 감미로운 그의 목소리가 내 시를 노래로 바꾸어 들려주고 있었다. 병원에 장기 입원해 있는 환자의 입장으로 노래를, 그것도 직접 작곡한 작곡가의 음성으로 듣는다는 것이 꿈만 같았다.

영광이었다. 한 감격이었다. 앓는 사람이 아니었다면 이런 호사가 어찌 나의 것일 수 있었을까? 이렇게 앓는 사람인 것도 생애 가운데 나름대로 의미가 있고 특별한 삶이겠다 싶은 생각이 들기도 했다.

사랑하는 마음
내게 있어도
사랑한다는 말
차마 건네지 못하고 삽니다

사랑한다는 그 말 끝까지

감당할 수 없기 때문

모진 마음

내게 있어도

모진 말

차마 하지 못하고 삽니다

나도 모진 말 남들한테 들으면

오래오래 잊혀지지 않기 때문

외롭고 슬픈 마음

내게 있어도

외롭고 슬프다는 말

차마 하지 못하고 삽니다

외롭고 슬픈 말 남들한테 들으면

나도 덩달아 외롭고 슬퍼지기 때문

사랑하는 마음을 아끼며

삽니다

모진 마음을 달래며

삽니다

될수록 외롭고 슬픈 마음을

숨기며 삽니다.

— 「사랑하는 마음 내게 있어도」 전문

　악보를 들여다보며 노래를 따라 부르다 보니 목이 메어왔다. 저절로 눈물이 나왔다. 노래를 끝까지 부르지 못하고 울음을 터뜨리고 말았다. 어깨를 들먹이면서까지 울고 있는 나를 아내가 한 팔로 싸안아 붙잡아주었다. 노래 세 곡이 모두 끝난 뒤 나는 김정식 씨에게 반주를 부탁하여 그동안 줄창 불러왔던 〈주여 이 죄인이〉 2절을 불렀다. 나 혼자 부르기 힘들어 아내 손을 이끌어 함께 노래를 불렀다. 역시 많이 울먹이며 부른 노래였다. 울면서 부르긴

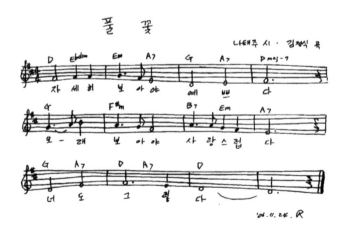

했지만 노래를 부르고 나니 마음이 평온해지고 기쁜 마음이 생기는 것 같았다. 그렇게 짧은 시간 신곡 발표회와 위문 공연을 겸한 미니 음악회를 마치고 김정식 씨는 기타가든 커다란 가방을 들고 총총히 병원을 떠났다.

나에게 특별한 날, 내가 새로워진 날

김정식 씨가 다녀가고 나서 엿새째 되는 날 한낮, 나는 병원 뜨락에서 풀꽃 그림을 그리고 있었다. 김정식 씨를 병원으로 보내어 노래를 불러준 이해인 수녀에게 보낼 꼬리풀꽃 그림이었다.

그런 뒤, 그림과 함께 동봉할 편지 한 장도 붓펜으로 썼다. 그것들을 봉투에 넣어 이해인 수녀에게 보낼 요량으로 병원 지하층에 있는 우체국에 가려고 엘리베이터 앞에 서 있었다. 바로 그때, 핸드폰이 울렸다. 뜻밖으로 이해인 수녀였다.

작년 여름과 마찬가지로 공주 쪽으로 강연하러 가는 길인데 마침 자동차 편이 있어 서울까지 올라가 병원에 잠시 들르겠다는 전갈이었다. 힘들면 아니 찾아줘도 좋다고 말했지만 이미 자동차가 많이 서울 쪽으로 근접하고 있다는 대답이었다.

병원에 온 뒤로 이상한 체험을 몇 차례 했는데 이해인 수녀에 관한 일도 그 가운데 하나였다. 이쪽에서 그 사람을 골똘히 생각하고 있는 동안 저쪽 사람도 나를 생각해주는 일이 일어나는 것이었다. 서울아산병원으로 와 처음 입원하던 날도 같은 시간대에 김남조 선생과 내가 마주 생각한 일이 있었는데 이번에 또 이해인 수녀와 내가 같은 시간대에 상대방을 생각하고 있었던 것이다.

이런 얘기를 나중에 대전의 김백겸 시인에게 들려주었더니 심리학에서도 이런 경우를 '동시성의 원리'로 풀이한다는 이야기를 해주었다. 나는 부치려던 편지를 들고 급하게 병실로 돌아왔다. 그런데 이해인 수녀보다 먼저 찾아온 손님이 있었다.

그것도 한 사람이 아니라 세 사람씩이나. 모두가 나에겐 소중한 의미를 지닌 분들이었다. 한 분은 이준관 시인. 그리고 두 분은 이익로 목사와 사모님. 조금은 당황스러웠다. 이분들은 차근차근 따로 만나야 되는 분들인데 이렇게 엉켜버리고 말았으니 어떻게 조정해야 좋을지 망설여졌다. 이윽고 이해인 수녀가 병실로 들어왔다.

이준관 시인도 이익로 목사 내외분도 익히 인쇄 매체를 통해서 이해인 수녀를 알고 있었지만 이렇게 직접 만나기는 처음이라 했다.

오락가락 선후를 차리지 못하는 대화가 오고 갔다. 나로선 이해인 수녀가 가수 김정식 씨를 보내어 노래를 불러 준 것도 고맙고 직접 병실로 문병 온 것도 감사했다.

작년 여름에 이은 두 번째 만남이었지만 무척 친근한 마음이 들었다. 아마도 시를 같이 쓰는 동료의식에서 그러했을 것이고 해방둥이로서의 또래라는 점에서도 그러했을 것이다.

사진기가 있었으면 이준관 시인, 이해인 수녀와 사진이라도 한 장 남겼을 텐데 병실에 묶인 몸이라 그런 마련이 없어 많이 아쉬웠다. 모처럼 좋은 인간 조합을 놓쳤구나 싶었다. 십여 분 정도 머물렀을까.

이해인 수녀가 먼저 자동차 기사가 밖에서 기다리고 있다면서 급히 하직 인사를 했다. 이준관 시인과 내가 엘리베이터 타는 데까지 배웅을 나갔다 왔다. 이해인 수녀는 역시 화사한 분이다. 떠나간 뒤 한참 동안 병실에 이해인 수녀가 남긴 새하얀 빛깔이 오래 어른거리는 듯싶었다. 마음의 향기라 그럴까. 깔깔거리며 명랑하게 웃으며 이야기하던 이해인 수녀의 얼굴 표정이며 목소리가 침울한 병실 여기저기에 남아 기웃대는 것만 같았다.

조금 더 있다가 이준관 시인이 돌아가고 이익로 목사 내외분이 맨 나중에 돌아갔다. 이익로 목사가 돌아가기 전

나는 또 기도를 부탁했다. 이 목사는 대전의 을지대학병원에 이어 두 번째로 기도를 해주었다. 역시 뜨거운 기도였다. 나는 이익로 목사의 손바닥 아래 엎드려 울면서 기도를 아멘으로 받아들였다.

그날은 이래저래 선후 못 차리게 혼란스러운 날이었고 그런 만큼 또 특별한 날이었다. 여러 사람으로부터 사심 없고 귀중한 축복과 응원을 받은 날이었다. 내가 많이 새로워진 날이기도 했다.

클라우디아 이해인 수녀

시인을 보러 온 사람
수녀님을 만나고 가고
수녀님을 보러 온 사람
시인을 만나고 갑니다

언제나 웃고 있는 작은 키의 민들레꽃
흰구름을 그리워하는 맑은 눈의 소녀

그러나 나는 참으로 사람다운
한사람을 만나고
정다운 이웃의 아낙네
살가운 누이를 읽고 갑니다.

3부

기적이란 그 속에 있을 땐 모른다

나는 왜 사는가

　사람은 무엇으로 사는가? 일찍이 러시아의 문호 톨스토이가 던진 화두다. 과연 우리 인간은 무엇으로 사는가? 그건 삶의 목표를 말하는 것이고 삶의 원동력이 어디에 있느냐를 밝히는 대답으로 사람마다 다르다. 돈, 명예, 권력, 사랑, 학문, 종교, 열정, 행복, 사치, 쾌락, 호화, 승진, 사업, 이념…… . 그럼 나는 무엇으로 사는가? 왜 사는가? 그건 결코 쉬운 질문이 아니다.

　나에게도 젊은 시절에 그런대로 눈앞에 확실하게 보이는 그 어떤 목표나 삶의 의미가 있었을 것이다. 미쳐서 따라다닐 대상이 있었고 취하게 하고, 홀리게 하는 그 무엇이 있었을 것이다.

　그러나 나이 들어가면서 점점 모든 것들이 흐려지고 무엇인가 해답이 보일 줄 알았는데 결코 그게 아니었다. 점점 오리무중이었다. 오히려 반대였다. 하루하루 헛되이 날이 저물고 이 세상 그냥 무의미하게 왔다가 지구 한 모퉁이 서성거리다 돌아가는 게 아닌가 생각되었다.

인생이 허무하다는 생각, 내 일생이 이렇게 허무하게 저물고 있다는 자각은 나를 참 쓸쓸하게 비참하게 으슬으슬 춥게 만들었다. '인생여백구과극人生如白駒過隙'. 장자가 한 말이다. '인생이란 문틈으로 얼핏 스쳐 빠르게 지나가는 하얀 망아지를 보는 것과 같다.'

사람들 대부분은 문틈으로 하얀 망아지가 지나갔는지 안 지나갔는지 알지 못하고 산다. 상당히 똑똑한 사람은 무언가 문틈으로 하얀 것이 슬쩍 지나갔음을 자각한다. 일부 빼어난 특별한 사람들만이 분명히 문틈으로 하얀 망아지 한 마리가 빠르게 지나갔음을 알고 산다. 그럼 나는 어떤 부류에 속하는 사람이었을까.

나이 들면서, 특히 회갑을 보내면서 수월찮은 정신적 동요가 있었다. 새삼스레 마음의 갈등과 삶에 대한 회의가 일었다. 과연 나는 무엇을 위해 살았나? 왜 살았나? 상당히 아등바등 산 인생이었다. 나름대로 열심히 성공을 자처하며 산 인생이었다.

열아홉 살에 교직에 투신하여 교직의 꽃이라 할 교장으로 승진할 수 있었고 시인으로서도 어느 정도 이름을 인정받는 데 성공한 듯싶었다. 이만하면 되지 않겠느냐는 나름대로의 성취감과 자기평가가 없었던 것도 아니었다.

시인 교장. 교장들 사이에서는 내가 시인인 것을 부러워했고, 시인들 사이에서는 내가 교장인 것을 좋게 보아주었다. 참말로 이만하면 되지 않겠느냐는 자긍심 같은 것이 없었던 것도 아니다.

그러나 그게 아니었다. 구체적으로 회갑의 나이를 지내고 교직 정년의 날이 다가오면서 조금씩 불안감이 엄습해왔다. 어렵게 시 전집을 꾸려내고 나서는 더욱 그 증상이 심해졌다. 허탈감이랄까. 당혹감이랄까. 이제 나는 어떻게 하지? 거기에 두 손 놓는 망연자실이 있었다.

지금껏 그런 대로 분명한 목표라고 여겼던 것들이 사라져버린 초조감이었다. 시계視界 제로. 아무것도 분명한 게 없었다.

그럼 인생은 하나의 신기루였단 말인가? 그토록 많은 책을 사 들고 다녔고(읽었다는 말이 아니다), 그토록 많은 사람을 만났고 많은 곳을 떠돌았지만 그 무엇, 그 어떤 장소, 그 누구한테서도 진정한 안식과 위안을 얻을 수 없었음을 뒤늦게 알아차리게 되었다.

여러 차례 새로운 여자를 만나 그리워하고 밤을 새워 애태우기도 했다. 그런 모든 여모戀慕는 나에게 또 무엇이었더란 말인가? 몇 편의 운문과 산문에 그 얼룩이 남아 있을 뿐이다. 이제는 사라져 없어진 그림이었을 뿐이다. 명색이 교회에 다니는 크리스천이라 하면서도 천국에의 꿈과 구원의 확신이 전혀 없었다. 그저 일요일 신자, 크리스마스 신자 정도에 머물고 있었다.

이제 정말 어찌해야만 하나? 살펴보니 결코 교직자로서도 시인으로서도 진정으로 성공한 축이 못되었다. 다만 남들의 눈에 그런 것처럼 보이는 사람이었을 뿐이다.

그토록 많은 시를 썼고 그토록 오랜 세월 젊은 사람들, 어린 사람들 앞에서 선생 노릇을 했으면서도 영혼 하나조차 제대로 알지 못했고 건지지 못했다. 다음에 죽음의 순간에도 그 일이 제일로 안타깝겠거니 싶었다.

병원에 입원하기 전, 나는 모든 일에 의욕을 잃고 허우적거리며 살았다. 육체는 무력감에 빠져 있었고 정신은 허무감과 비관론에 머물고 있었다. 무엇이든 회색빛으로 보였다. 날씨만 흐리고 운무 현상이 와도 아, 이제 지구가 막판에 이르렀구나, 망하려는구나, 비감스러운 감상에 잠겼다. 그건 약한 우울증 증세 같은 것이었는지 모르겠다.

습관적으로 출근하고 사람들을 만나고 글을 쓰면서 개인 생활과 사회생활을 유지하지만 점점 어디론가 깊이 모를 수렁으로 빠져들고 있음을 느낀다. 결국 그런 의식상태, 생활 태도가 내 병을 불러오고 키웠다고 본다.

만약 이번에 내가 병원 신세를 지지 않았다면 교직 정년의 시간대를 보내면서 심하게 요동치는 현상을 면치 못했을 것이란 것이 아내의 진단이고 예견이다. 변화된 환경을 제대로 소화하지 못하고 심한 혼란에 빠졌을 것이란 것이다. 사필귀정事必歸正이란 말이 있듯이 일이 그렇게 돌아간 것도 그럴 만한 까닭이 충분히 있었다는 것이다.

앓고 나서, 아니 병원에서 정신을 잃었다가 겨우 정신을 차리고 나서 제일로 하고 싶었던 일은 시를 쓰는 일이었다. 그다음은 그림을 그려보고 싶었다. 어쩜 그것들은 본능과 같은 것이었는지도 모르겠다.

아내와 아이들, 가족들은 그동안 글을 쓰느라 스트레스를 받아 쓰러졌으니 이제는 시를 쓰지 않아야 된다고 권면해왔다. 그것이 사는 길이라 했다. 주위의 지인들도 나더러 글 쓰는 일을 줄여야 한다는 의견을 보였다.

그러나 내 생각은 전혀 달랐다. 육체적 고통과 정신적 혼돈 속에서도 글을 쓰는 시간만이 유일한 커다란 위안이었다. 마음의 평화를 주었고 고요한 침잠沈潛을 주었다.

나는 글을 쓸 때 붓펜을 사용하기를 좋아한다. 무언가 정성껏 써야 할 문건文件이 있으면 더욱 붓펜을 선호하는 게 습성이기도 하나. 붓펜은 꽤나 까탈스러운 필기도구이다. 끝이 부드러워서 글씨가 마음먹은 대로 써지지 않는다.

지루한 병원 생활, 고통과 불면으로 밤을 지새우고 아침을 맞아 붓펜을 손에 쥐었을 때 글씨가 제대로 써지면 아, 오늘 컨디션이 좋구나, 생각하고 붓펜을 잡은 손이 부르르 떨리면 아, 오늘 안 좋구나, 여겨 하루를 더욱 조심스럽게 지냈다.

혼미한 정신 상태에서도 한 편의 시를 얻어 종이에 붓펜으로 한 글자 한 글자 옮겨 적을 때 무한한 기쁨을 맛보곤 한다. 처음엔 뜨악하고 근심스러운 눈길로 바라보던 가족들도 나중엔 못 이기는 척 방관하는 눈치였다. 더 나아가 한 편의 시는 나로 하여금 살아 있는 존재가치를 선물하고 삶의 의미를 주기에 이른다.

시 쓰는 일 하나 때문에라도 기어코 살아야 했다. 시는 아직도 내가 살아 있는 생명체라는 자기 확인을 주었다. 이 얼마나 커다란 삶의 원천이며 삶의 힘이겠는가!

시를 쓰는 일이 힘겨워 쓰러졌는데 시 쓰면서 힘을 얻어 일어서게 되다니! 그건 모순이며 아이러니다. 하지만 그것은 분명한 사실이며 또 진실이다.

시는 나에게 소망이다. 마음의 불꽃이다. 소망은 보이지 않는다. 마음의 불꽃 또한 보이지 않는다. 그러나 사람이 어찌 소망 없이 마음의 불꽃 없이 살아갈 수 있으랴. 여기서 하나의 조그만 발견을 하게 된다. 나름대로 해답을 얻게 된다.

나는 무엇으로 사는가? 나는 왜 사는가? 나는 마음의 기쁨으로 산다. 정신의 희열로 산다. 그 마음의 기쁨, 정신의 희열을 얻기 위해서 사는 것이다. 흔히 우리가 말하는 희망, 사랑, 소망, 그리움, 기다림 같은 것들조차 기쁨이나 정신적 희열의 구체적 실상이거나 그 부분 집합에 해당되는 것들인 것이다.

비록 남들에게 무가치한 것처럼 보일지라도 그것이 진정 나에게 마음의 기쁨이 되어주고 정신의 희열이 되어주는 것이라면 충분히 나의 많은 것을 걸 수 있는 대상이 된다. 내 일생을 바칠 만한 가치 있는 것이 된다. 여기에서 엄청난, 남들은 이해할 수 없는 희생이나 봉사가 가능할 수도 있겠다.

사람뿐만이 아니다. 모든 생명체는 이 삶의 기쁨, 정신의 희열을 위해서 산다. 그것들을 위해서라면 과감히 자신을 던질 준비가 되어 있다.

왜 사는가? 눈에 보이는 것(육체, 현실, 재화) 그 너머에 가치 있는 것이 분명히 존재한다는 확신으로 산다.

그런 확신은 우리에게 천국이나 극락을 안내하기도 한다. 애국자의 자기희생이라든가 종교적 순교까지도 가능하게 한다.

다시 나는 왜 사는가? 마음의 기쁨을, 정신의 희열을 얻기 위해서 산다. 때문에 나의 시 쓰기와 그림 그리기의 의미는 주어진다.

묘비명

많이 보고 싶겠지만
조그만 참자.

사랑하려면 가끔 뒤를 돌아봐야 한다

　내 생애에 가장 소중한 사람을 들라면 두 사람을 말한다. 한 사람은 외할머니고 또 한 사람은 아내다. 외할머니는 내 인생의 초반부, 어린 시절부터 청년 시절까지 내 영혼과 육신을 돌보아주신 분이다. 마음의 고향 같은 분으로 외할머니는 내게 모성이기도 하고 부성이기도 했다. 실상 서른여덟 살 청상과부의 서럽고도 외로운 외아들처럼 자라난 것이 내 유년이요, 또 그 이후 내 삶의 그늘이었다.

　이십대 후반, 당시에는 늦은 나이에 결혼을 하여 나를 인계받은 사람이 아내이다. 그녀는 시가 무엇인지, 시인이 무엇을 하는 사람인지조차 모르고 나한테 시집을 온 사람이다. 다만 초등학교 선생을 한다니 밥이야 굶겠느냐는 믿음으로 맘 놓고 시집을 왔을 것이다.

　그런데 웬걸, 집안은 씻은 무처럼 썰렁하니 가난하고 남편이란 사람은 선생 일보다는 시 쓰는 일에 미친 인간이고 보니 황당하기도 했을 것이다. 게다가 자신의 병고가 겹치고 아이 낳아 기르는 일까지 남들처럼 순탄치 못해 여러 번 옹이가 맺히니 고생이 내내 심했으리라. (어찌 그 모든 곡절을 밝혀서 말할 수 있으랴.) 이곳저곳 남편의 직장을 따라 이사 다니며 궁핍한 삶을 여러 세월 견뎌야만 했다.

살아오면서 아내는 나에게 마음의 언덕과 같은 사람으로 존재했다. 내 삶의 최선의 이해자요 조력자로서의 아내. 때로는 보호자로서의 아내. 그녀는 언제든 '당신 먼저, 남편 먼저'라는 생활신조로 일관되게 나를 지켰다. 내가 낮이라면 그녀는 밤이었고 내가 기쁨이었다면 그녀는 슬픔이기를 자청했다.

내가 기뻐하고 좋아하는 일이라면 어떠한 경우라도 양보하고 인내하는 데에 인색하지 않았다. 집안의 생활뿐만 아니라 밖의 사람들과 사귀는 일에 있어서까지 일체 간섭이나 타박이 없었다. 심지어 글 쓰는 아낙들이랑 어울려 다녀도 하루 종일 놀다가 저녁때만 집에 잘 돌아오면 된다고 말해온 사람이 아내다.

이십 년도 훨씬 전의 일일 것이다. 처음으로 신장결석 수술을 받았을 때는 내가 결혼하기 전부터 알고 지내던 S시인에게 연락하여 한나절 동안 내 병간호를 하도록 부탁하기도 했다. 만에 하나라도 내가 살못되면 그런 일조차 자기에게는 후회되는 일이 되겠지 싶어서 그랬다는 것이다.

내가 병원에 입원한 여섯 달 동안 아내는 하루도 거르지 않고 병상을 지키다시피 했다. 막판에는 몇 차례 주말을 아들아이와 교대하기도 했지만 그건 워낙 자기 몸의 형편이 안 따라 줘서 그런 것이지, 결코 자기 뜻으로 그런 것은 아니었다.

남편과 함께가 아니면 결단코 공주의 집으로 돌아가지 않겠노라는 것이 아내의 굳고도 굳은 결의였으니 두말할 일이 아니겠다. 생각해보면 그건 사람으로 할 일이 못 된다. 환자의 침대 옆에 딸린 쪽침상, 그 보호자용 침상에서 여섯 달을 버티다니. 초인적인 집념과 노력이 아니면 결코 가능한 일이 아니다.

이토록 아내가 심지가 굳은 것은 성격에서 우러나온 것이다. 아내는 사교성이라든지 현실 적응력이 더딘 대신 한 번 마음을 주고 결심한 것은 결코 바꾸지 않는 유형의 사람이다. 재사형이기보다는 지사형에 가까운 사람이다.

대전 을지대학병원에서는 나도 정신이 혼미했고 아내 또한 몇 차례 까무러치고 그래서 피차 잘 모르고 지난 일이지만 서울아산병원으로 옮기고 나서 정신을 차리고 보니 내가 죽을지도 모른다는 불안감이 엄습해왔다.

그래, 많이 괴로워했는데 만약에 내가 죽게 된다면 아

내 혼자서 세상에 남을 텐데 아직도 과부로 살기에는 젊은 나이로 그 긴 인생의 후반부 남은 날들을 어찌 견딜까 싶었다. 어쩌면 그건 하나의 핑계였는지도 모르는 일이다. 세상을 하직한다고 생각할 때 그 어떤 사람보다도(아이들보다도) 걸리는 사람이 아내였다.

이 사람이 내게 이렇게 소중한 사람이었나를 생각할 때 새삼스럽게 가슴이 저리도록 아파왔다. 함께 살면서 잘못했던 일, 옹졸하게 굴었던 일, 고집부렸던 일, 고생시켰던 일들만 새록새록 떠올라 괴로웠다.

우리 내외는 여행도 함께 많이 해보지 못한 사람들이다. 교직에서 정년을 맞으면 여행도 맘먹고 해보려고 했는데 그 일조차도 물거품이 되어 꿈이었거니 싶었다. 그래서 우리는 병원에서 지내는 날들도 의미 있는 인생이고 이렇게 병원으로 장기 여행을 떠나온 사람들이라고 서로를 위로했으나 그런 생각도 무거운 마음을 쉽사리 가볍게 만들어주지는 못했다. 이 여행은 도대체 언제쯤 끝나게 되는 거냐고 서로 되풀이 물었으니까 말이다.

병원 생활이 길어지자 아내도 몸의 상태가 기울었다. 본래 건강이 시원치 않은 사람인데 점점 몸이 황폐해지고 있었다. 잠을 잘 밤이 오면 많이 괴로워했다. 잠을 잘 때도 아내의 손을 놓지 못하고 쉬고 있다가 겨우 잠을 이루곤 했다.

　손을 놓으면 영영 놓쳐버릴 것만 같은 위기의식에서 그랬다. 팔과 다리가 저리고 아프면 서로 교대하여 주물러 주기도 하면서 밤을 지새웠고 발바닥을 서로 쓰다듬어주기도 했다. 그런 밤이면 우리는 나란히 두 마리 털북숭이 짐승의 마음이 되곤 했다. 아, 이 사람을 두고 어찌 나 혼자서만 눈을 감는단 말인가!

　그때에서야 나는 이 세상에서 가장 소중한 사람이 아내란 것을 알게 되었다. 그렇게 중요한 사실을 이제사 알게 되다니! 그러나 이제라도 알게 된 것은 이보다 더 늦게 안 것보다 나은 일이요, 아예 그조차 모르고 세상을 뜨는 것보다 훨씬 낫지 않겠는가. 그것은 역시 나름대로 소중한 깨달음의 한 계기가 되었다.

　인간은 한시도 사랑 없이 살 수 없다. 그런데 사랑하려면 가끔 뒤를 돌아봐야 한다는 것을 뒤늦게 알았다.

사는 일에는 가능성이 항상 열려 있어요

― 김남조 선생님

서울에서 김남조 선생이 면회를 좀 오시겠노란 전갈이 왔다. 어찌 아셨을까? 아마도 김상현 시인이 장례위원회 구성을 두고 서울을 오르내릴 때 한국시인협회 오세영 회장과 협의하는 과정에서 소식이 번져나갔지 싶다. 2인 병실로 들어와 며칠 안 되었을 때도 윤효 시인을 통해 여러 가지 의견을 주셨다는 것을 어렴풋하게 들은 기억이 있다.

병원을 서울로 옮기는 게 좋지 않겠느냐는 것이 첫째요, 나태주는 아직 꺾일 때가 아니니 걱정하지 말라는 것이 둘째요, 환자에게 열이 있느냐 없느냐는 물음이 세 번째 말씀이었다. 물론 혼미한 정신 가운데 꿈결 속같이 들은 얘기들이었다.

오랜 세월 시단의 한 구석에서 숨을 쉬면서 김남조 선생을 뵈어왔다. 멀리서 혹은 가까이서 뵐 때 마다 나는 그 분에게서 강한 모성의 힘을 느껴왔다. 자력磁力 같은 것이라 할까.

그 모성은 개인적인 모성이기도 하지만 개별을 넘어 일반성에 이른 모성이기도 하고 세상을 향한 보다 본질적이고 포괄적인 모성이기도 하다. 더 나아가 이 분의 모성은 우주적인 그것으로 확대되고 발전되기까지 한다.

가능하면 안 오셨으면 하는 생각이었다. 이렇게 험악하게 앓고 있는 모습을 선생께 보이고 싶지 않을뿐더러 선생께서도 오래전부터 고관절 부상의 후유증으로 보행이 자유롭지 못한 데다가 최근 몇 년 휠체어 신세까지 지고 계신 걸 봤기 때문이었다.

그러나 여러 차례 말씀이 있었고 어른이 요구하시는 걸 끝까지 안 된다고 막무가낼 일도 아니었다. 몸까지 불편한 어른이 지방의 병원에까지 까마득한 후배 시인을 문병 오시겠다니 이 얼마나 고맙고 감사한 일이겠는가. 그나저나 선생이 오시면 어떻게 하나? 무엇인가 드리고 싶다는 생각이 불쑥 일었다. 결국 누워 있는 나로선 아무것도 드릴 것이 없다는 데에 생각이 미쳤다.

그래, 시를 드리자. 시를 써서 드리면 선생이 좋아 하실 거야. 나는 아들아이의 눈치를 살피며(아들아이는 내가 그동안 시를 쓰느라 스트레스를 받아 쓰러졌다고 믿고 있었으므로) 몇 편의 시를 썼다. 아니, 써보려고 노력했다. 이미지나 느낌이 제대로 응축되지 않아 애를 먹었다. 적당한 언어가 떠오르지 않아 한동안 머뭇거리기도 했다.

오랜 시간 끙끙거리며 제법 여러 편의 시를 썼다. 아니, 시 비슷한 문장을 얽었다고 보아야 옳을 것이다. 그동안 병원에 와서 겪었던 일들을 소재로 삼았다. 실은 그 시들은 정신이 돌아와 처음으로 쓴 시였다. 그 시들을 김남조 선생이 오시면 선물로 드릴 수 있다고 생각하니 기분이 좋아졌다.

예고된 대로 김남조 선생은 그다음 날, 열 시에서 열한 시 사이 병원에 오셨다. 병원 주차장에 도착하셨다는 기별을 받고 아이들이 병원의 환자용 휠체어를 가지고 내려가 모셔왔다.

선생이 오시기 전 나는 접의자 두 개를 빌려 준비해놓고 아내더러 양말을 달래서 신었다. 조금 뒤, 아들과 딸아이가 선생을 모시고 병실로 들어왔다. 혼자가 아니라 동행이 있었다. 천안에 사시는 김소엽 시인이었다. 나는 침대에서 병실 바닥으로 내려가 선생께 인사를 드렸다.

"선생님, 몸도 불편하신데 이렇게 먼 곳까지 오시게 하여 죄송합니다."

나는 내가 병원에 입원하게 된 것이 모두가 평소 건강 관리를 잘못해서 생긴 일이요, 그러므로 해서 주위의 정다운 분들에게 걱정을 끼치게 되어 송구한 생각을 내내 지니고 있었기 때문에 선생께도 그렇게 말씀드렸다.

선생은 그날 끝없는 연민과 걱정으로 나를 보시며 여러 가지 좋은 말씀을 들려주시었다. 많은 말씀도 아니다. 문제는 말씀에 담긴 진정성이다. 정신의 끈을 놓지 말고 끝까지 붙잡고 있어야 한다는 것이 주된 말씀이었다. 선생의 말씀들은 나에게 어떻게 하든지 살아야 하겠다는 각오와 삶에 대한 강한 용기를 갖도록 하기에 충분했다.

선생이 한없이 고마웠다. 문단의 선배이기보다 육친의 따스한 정 같은 것을 느낄 수 있었다. 평소 어렵게만 느껴지던 선생이 무척 가깝게 느껴지면서 가슴속에 울컥 솟아오르는 마음이 있었다.

'아, 김남조 선생님이 나를 위해 여기까지 이렇게 힘들게 오시었구나!'

선생이 의자에서 일어나자 나는 미리 준비해두었던 시 원고를 내밀었다.

"선생님, 이건 제가 정신이 들고 나서 처음으로 써본 시들입니다. 선생님께 드릴 것이 없어 이것을 대신 드렸으면 합니다."

"그래요?"

선생은 놀랍다는 표정으로 종이 뭉치를 받으셨다.

"서울 가서 읽어보지요."

김 선생은 조그만 일에도 크게 감동하고 또 세심하게 반응하는 분이시다.

"내 나태주 시인을 한번 안아주고 싶군요."

선생은 가볍게 팔을 벌려 내 어깨를 쓸어주시었다. 나는 깡마른 나무토막 같은 몸을 선생께 잠시 기울였다. 병들어 쓰러진 문단의 후배를 이렇게 살뜰히 생각해 마음 아파하시는 선생의 배려가 너무나 감사했다. 가슴이 뻐근해져왔다.

"어머니, 편히 가시어요."

그건 나도 모르게 불쑥 내 입술에서 자연스럽게 터져 나온 한 마디 말이었다.

선생이 한 손에 지팡이를 짚고 또한 손을 김소엽 시인에게 맡긴 채 병실을 나가신 뒤, 한동안 병실 바닥에 그냥 서 있었다. 병실 밖에서 김남조 선생의 밝고도 환한 음성이 들려왔다.

"문병 왔다가 이렇게 기분 좋게 돌아가기는 처음인 것 같아요……."

선생의 목소리는 한 줄기 환한 햇살이 되어 어둡고 답답한 병실 안으로 밀려 들어왔다.

'내 어떻게 하든지 이 병을 이기고 떨쳐 일어나 선생님

을 다시금 찾아뵈오리라.'

마음속에서는 강한 삶의 의지가 솟아오르고 있었다. 혹시 그날 왔다가 쓰시었을까? 그 뒤에 나온 선생의 시집 『귀중한 오늘』에 실려 있는 시 한 편이 마음에 와닿기에 여기 옮겨 적어본다.

그의 고통에게
절하며 부탁한다
그를 부드럽게 대해 달라고, 아니
착오로 방문했으니
어서 떠나 달라고

세상이 주지 않는 건
세상에 되돌림으로
누구도 다치지 않게 한 사람이라고
그의 생
겨우 온화해지려는 참에
문 닫을 수 없다고

그의 고통
소슬한 절벽 앞에

예배로 탄원한다

해 뜨고 바람 부는 이승의

고락을

하늘 한 숟갈인

물방울의 나달 동안

부디

나누게 해 달라고

— 김남조, 「쾌유를 위하여」 전문

　그리고 시간이 흘러, 대전 병원에서는 더 이상은 손을
쓸 수 없노라 하여 마지막 방법으로 수술이라도 받아보자
고 서울아산병원으로 올라온 날이었다.

　그날 온종일 마음 졸이고 이리저리 끌려다녔으므로 많
이 지쳐 있었다. 병실에 들어가자마자 침대에 쓰러져 누
워버렸다. 그때 아내의 핸드폰이 울렸다. 놀랍게도 김남조
선생의 전화였다.

　"나, 김남조입니다. 오늘은 아침부터 이상한 예감이 들
어 나 선생에게 전화를 했습니다. 어떻게 몸은 괜찮습니
까?"

　아, 어떻게 아셨을까? 그날 내가 너무 힘들고 고단하고
위태롭기까지 했다는 걸 어떻게 아셨을까? 나는 대충 그날

에 있었던 일들을 말씀드리며 끝내 울음을 터뜨리고 말았다. 참으로 나이 드신 분의 직관력과 예견력이 놀라웠다.

"나 선생, 진정하고 내 말 들어요. 서울아산병원은 절대로 사람을 죽게 하여 내보내는 곳이 아닙니다. 병원을 믿고 의사를 믿고 간호사를 믿고 또 좋은 약을 믿으세요. 그리고 기도하세요. 하느님은 나 선생을 버리시지 않고 사랑하신다는 걸 잊지 마세요."

"네, 네, 선생님. 잘 알겠습니다."

그것은 서울로 병원을 옮기고 나서 첫 번째로 받은 전화였다. 내가 그날 그렇게 애타는 심정으로 김남조 선생을 생각했는데 어쩌면 그 시간에 선생께서도 그렇게 나를 생각해주시었을까? 세상에는 이렇게 사람의 입장에서 이해가 안 가는 일이 가끔은 생기기도 하는가 싶었다.

그다음 날, 선생은 피천득 선생이 돌아가시어 그 빈소에 오시는 길에 들렀다면서 병실로 찾아오시었다. 역시 서울아산병원으로 와 처음으로 찾아온 손님이셨다. 그날은 당신이 감기에 걸려서 환자에게 옮길지도 모른다며 멀찍이 앉아 잠시 동안 말씀하시다가 가시었다.

한동안 나는 서울아산병원에서도 위태로운 환자였다. 하루 한 시간도 마음 놓을 수 없는 날들이 계속되었다. 6월 중순쯤, 문학사상사에서 내 신작 시집을 제작하는 과정에서 김 선생이 시집 뒤표지 글을 쓰시기로 하여 몇 차례 통화가 있었다.

"모든 일이 왼쪽으로 갈 것인가, 오른쪽으로 갈 것인가 방향 잡기가 중요한데 이제 좋아지는 쪽으로 방향을 바꾸었으니 걱정이 없어요. 세상에는 좋은 약이 많아요. 이제 입으로 먹을 수 있게 되었으니 살아날 수 있다는 가능성이 활짝 열렸다고 볼 수 있지요. 왜관에 있는 분도회 수사님이 만드는 약을 알고 있어요. 온라인으로도 주문이 가능하다 그럽니다. 그리고 홍삼 엑기스도 좋은데 그것도 먹도록 하세요. 나태주 시인은 내가 보기론 평소 잘 웃고 아름다운 시를 쓰고 그런 시인으로 아는데 한편으론 남모르는 숨은 노력이 있는 사람 같아요. 안으로 고행자적 인내가 있는 시인으로 보아왔어요. 시골말로 한다면 강단이 있는 시인이란 얘기지요. 그런데 이번에 표4의 글을 쓰면서 나태주 시인의 시를 읽어보았더니 시를 너무 많이 쓰는 것 같아요. 시의 편수를 줄이도록 하세요. 시가 상당히 순발력이 있어 보여요. 그러나 퇴고 과정에 문제가 있으니 많이 읽어보고 고쳐보도록 하세요. 특히 산문 형식의 시편에서 중간 중간에 삭제해도 좋을 부분이 들어 있는 것 같아 보이더군요."

그날은 6월 16일이었다.

김남조 선생은 무소식이 희소식이라면서 전화를 하고
싶어도 참는다고 그러셨다. 그러면서 내 쪽에서 전화를 드
리기를 기다리고 있다고 하셨다.

　이런 말씀 하나에도 오래 사신 분의 맑은 지혜 같은 것
을 느끼게 했다. 선생은 여차하면 병원 측에 이야기하여
입원 연장이나 진료 과정에 도움을 주시겠다고도 했다.

　일단은 자력으로 해결할 일이요, 병원의 의사들이 자
존심이 강한 사람들이니 두고 보아달라고 말씀드렸더니
그러마 하시었다. 그럴 때마다 내 배경에 든든한 보호자
한 분이 버티고 계시다는 안도감을 가졌던 게 사실이다.
퇴원이 가까운 어느 날 선생은 또 이렇게 말씀하셨다.

　"나 선생, 이번에 병을 얻어 오랫동안 투병 생활도 하
고 고생을 많이 하긴 했지만 아주 그런 것들이 무용했다고
는 생각지 마세요. 나 선생이 세상에 와서 혼자 힘으로, 인
간의 능력으로는 도저히 가보기 어려운 곳을 가보았다고
생각하세요. 특별한 여행을 했다고 여기세요. 신이 어쩌면
나 선생을 사랑하셔서 이곳저곳 데리고 다니셨을 거예요.
동행해주셨다는 얘기죠. 그로 해서 그런 시도 쓰고 시집도
새롭게 내게 되었다면 많은 위로가 될 거예요."

　병원에서 퇴원하여 집에서 한 달 넘게 정양하면서 아
무래도 선생께 인사를 드리러 가야겠다는 생각이 들었다.

서울의 효창동 선생 댁을 찾아뵀다. 마침 방송국과 약속이 되었노라며 오전에 한 시간 정도 시간이 있다 하셨다.

먼 데 전쟁터나 험한 여행길에서 죽을 고비를 넘어 다시 살아난 아들이 그 모친을 찾아뵙는 심정으로 선생께 인사를 드렸다.

그날 선생께서 들려주신 말씀이 또 감동적이고 인상적이었다.

"얼마 전 어떤 모임에서 좋은 말씀을 들은 적이 있어요. 여러 가지 말씀이 있었지만 그중에서 가장 핵심이 되는 말은 이래요. '죽기 전에 죽으면 죽을 때 죽지 않으리라.' 독일에 가서 공부하여 철학박사 학위를 받은 어떤 신부님(이제민 신부)이 들려준 말씀이에요. 자기가 가장 존경하는 철학자가 한 말이라 그래요. 죽기 전에 죽는다는 것은 삶의 과정 속에서 연단 같은 걸 의미할 거예요. 계속 깨치고 인내하는 것을 말하기도 할 거예요. 그러면 육체가 죽을 때 정신과 영혼이 따라서 죽지 않고 불후不朽가 된다는 말씀이지요. 불교에서 말하는 해탈 같은 것도 여기에 해당될 것이에요. 죽을 때 초연하게 죽을 수 있다는 얘기겠지요."

말씀을 들으면서 얼마나 기뻤는지 모른다. '죽기 전에 죽으면 죽을 때 죽지 않는다.' 눈물이 핑 돌 것 같은 말씀이었다. 영혼의 울림이 들어 있는 말씀이었다. 그런 말은 누구한테 들었느냐, 그 말의 최초 제공자가 누구냐 하는 것은 별로 중요하지 않다. 다만 듣는 쪽에서 그 깊이를 깨달아 알아듣고 자기 영혼과 정신 깊숙이 기쁨의 소식으로 알아 생명의 등불로 간직하는 일이 중요하다.

깨달음의 외나무다리로 삼아 건너가면 되는 일이다. 나같이 오래고 호된 질병으로 병원 생활을 해온 사람에겐 더욱 그러하다.

내가 만약 이번에 이런 병고를 치르지 않았다면 김남조 선생께서 이런 말씀을 들려주셨을 때 그렇게 단박에 마음 문을 열고 환하게 그 말씀을 받아들이지 못했을지도 모른다. 이런 점에서 어쩌면 병고도 하나의 축복이다.

앓고 나서 하나의 변화는 내가 이런 말에 귀가 밝아졌다는 것이다. 설명 없이 그야말로 직통으로 그냥 마음속으로 들어온다는 것이다. 이야말로 결핍의 은택이요, 그 소산이다.

내가 충분히 죽을 준비가 되어 있지 않았으므로 신께서 잠시 데리고 가시는 일을 보류한 것이 틀림없다는 생각이 선생의 말씀을 듣는 동안 떠올랐다. 그러고 보면 질병과 환난의 날들은 결코 공짜로 나한테 지나간 것이 아니라 아주 귀한 많은 것을 선물하고 갔다고 볼 수 있겠다.

이번의 일로 해서 김남조 선생의 영혼의 자리와 조금이라도 가까워지게 된 것도 하나의 커다란 생의 기쁨이요, 감사할 일이다.

풀꽃아 너도 살아서 기쁘냐? 나도 그렇다

서울아산병원은 병실이나 의료 시설이 잘 되어 있고 의료 수준이나 성의가 뛰어난 병원이다. 그에 더해 환자나 간병인을 위한 여러 가지 부대시설이 그런대로 잘 갖추어진 병원이다. 병원 요소요소에 여러 가지 편의시설이 마련되어 있음은 물론이다. 그 가운데서도 가장 좋아하고 애용한 곳은 병원 정원이었다.

정원에는 커다란 인공호수가 만들어져 있고 분수대가 있다. 많은 나무와 꽃들이 심어져 있다. 그 나무와 꽃들 사이로 여러 갈래의 오솔길이 나 있고 드문드문 나무로 된 벤치도 놓여 있다.

병원 정원을 찾기 시작한 것은 서울아산병원으로 옮긴 지 한 달가량 지난 뒤의 일이었다. 아직 주사를 끊지 않았을 때였으니까 링거주사용 약병을 매단 폴대를 밀고 나가곤 했을 것이다. 한 번 나가기 시작했더니 자꾸만 나가지게 되었다. 병원 뜨락에 서 있는 나무들은 종류가 여러 가지였다.

계수나무나 모감주나무 같은 경우는 처음 보는 나무였다. 꽃들은 종류가 더 많았다. 어떤 것은 우리나라의 것들이고 또 어떤 것들은 외래종도 있었다. 아무래도 샤스타데이지, 리아트리스, 물레나물(히드코데), 수크령 같은 것들은 외래종이지 싶었다.

정원에 나가서 산책을 하거나 나무의자에 앉아 있는 시간도 좋아했지만 풀꽃을 그리는 것을 더 좋아했다. 내가 주로 그렸던 풀꽃은 비비추, 꼬리풀, 샤스타데이지, 리아트리스, 물레나물, 그리고 떨기나무로 탐라산수국 같은 꽃이었다.

병실 안은 한여름인데도 온도 조절이 아주 잘 되어 있어 상쾌하고 서늘하기조차 했다. 그러나 한두 차례 밖으로 나가 바깥 공기를 쏘여보니 오히려 바깥 공기가 더 좋았다. 비록 습기 차고 후끈한 공기였지만 그 공기 속에는 살아 있음의 기운이 들어 있었다. 폐부 깊숙이 들이마시면 향기롭기조차 했다.

햇빛이 따갑게 비추는 한낮에도 자주 정원으로 나가 연필을 꼬나잡고 풀꽃 그림을 그렸다. 그림 한 장을 그리고 나면 얼마나 마음이 뿌듯하게 기쁜지 몰랐다. 그것은 하나의 성취의 기쁨이요, 보람과 같은 것이었다.

그 시절 나의 그림 그리기는 단순한 그림 그리기가 아니었다. 그것은 나 스스로 살아 있는 목숨임을 자각하고 확인하는 생명현상 같은 것이었다. 병원 뜨락에서 풀꽃 그림을 그릴 때 나는 마음속으로 풀꽃들과 대화를 나누고 있었다고 보아야 옳을 것이다.

'너도 살아서 기쁘냐? 나도 살아 있어 기쁘다.'

그건 혼자서 소리도 없이 마음속으로 주고받는 대화였지만(실은 독백) 살아 있음에 감사하고 그 생명의 감사를 함께 나누는 은밀한 교감의 시간이었다. 실로 병원 생활은 몸만 죽어 있는 것이 아니라 마음까지도 죽어 있는 시간이다. 지루하고 따분하다. 이렇게 죽어 있는 시간을 일으켜 세우고 살려내는 데 그림 그리기보다 더 좋은 방책은 달리 없었던 것이다.

병원 뜨락에 쭈그리고 앉아서 그림을 그리다 보면 머리꼭지나 등허리로 곧장 떨어지는 한여름 햇빛이 따가웠고 매미 소리 또한 귀에 따가울 정도였다. 그러나 그 무엇도 싫지만은 않았다. 처음엔 한두 마리 찌륵 찌르륵 서툴게 발성 연습을 하던 매미들이었다. 며칠 지나다 보니 아주 많은 매미가 떼를 지어 울기 시작하는 것이었다.

나무마다 매미 소리들이 주렁주렁 열매처럼 열린 것

같았다. 짜르르, 수줍게 우는 놈이 있는가 하면 따르르, 신경질적으로 우는 놈이 있고 왕왕, 서럽게 울음을 퍼질러 놓는 놈도 있고 나중에는 쓰르람 쓰르람, 구성진 목청으로 능청스럽게 우는 놈도 있었다.

매미들은 울음 경쟁이라도 하는 듯싶었다. 귀가 따가울 지경이었다. 번번이 하늘 위로 매미들이 풀어놓는 소리의 강물이 파랗게 번져서 흘러간다고 생각하곤 했다. 나중에는 그림 그리는 것도 좋지만 매미 울음소리를 듣기 위해 병원의 정원을 찾곤 했다.

병원 뜨락에서 또 기억나는 것은 아내와 함께 보낸 시간들이다. 아내와 나는 자주 병원 뜨락으로 나가 산책을 했고 나무 벤치에 앉아 이야기를 나누었다. 이야기라야 날마다 하는 고만고만한 화제들이고 딱히 해답도 없는 문제들이었다.

그래도 그렇게 이야기 나누고 나면 가슴속이 조금은 후련해지는 것 같았다. 병원 생활이 늘어지면서 아내가 더 힘들어하고 지쳐 있었다. 정원 벤치에 앉아 있을 때에도 아내는 자주 내 무릎을 베고 눕곤 했다.

"여보, 이렇게 병원에서 보내는 날들도 우리로서는 귀중한 인생의 한 토막이고 나중엔 그리워질지도 몰라요."

내가 말해주면 아내는 긍정도 부정도 하지 않고 그냥

듣고 있기만 했다. 어떤 때는 환자용 휠체어에 아내를 태워 밀고 다니는 날도 있었다. 그렇게 정원을 한 바퀴 돌다 보면 여기저기 벤치에 앉아 있던 환자나 환자 가족들이 우리 두 사람을 보고 웃어주었다. 환자와 보호자가 거꾸로 되었다 싶어 그랬을 것이다. 그러나 정말로 그 당시 아내는 나보다 심각한 환자였다.

나는 병원의 의사나 간호사들이 보살펴주는 환자였지만 아내는 그 누구도 돌보아주지 않는 환자였던 것이다. 그녀는 그 시절, 숨 쉬는 일조차 힘들어했고 그것을 옆에서 바라볼 수밖에 없는 나는 그저 끝없이 민망할 따름이었다.

날마다 오후 일곱 시 십 분이면 어김없이 병원 뜨락에 불이 밝혀지곤 했다. 높이 솟은 가로등의 불이 켜지기도 했지만 정원의 바닥 가까이 설치한 키 작은 전등에도 불이 켜졌다. 그렇게 불이 켜지면 병원 뜨락은 또 다른 풍경으로 바뀌곤 했다.

이제까지의 모습이나 분위기와는 달리 꿈같이 으슥하고 이국 풍경같이 낯선 분위기가 되는 것이었다. 그래도 매미들은 여전히 시끄럽다 싶을 정도로 울음을 계속하고 있었다. 아내와 나는 병실로 들어가는 시간을 최대한 미루면서 벤치에 오래오래 앉아서 매미 울음에 전신을 맡기곤 했다.

    그럴 때는 서로 주고받는 말도 별로 없었다. 어쩌면 우리 몸과 마음은 매미 울음소리의 강물에 떠서 멀리 알지 못할 곳으로 흘러가고 있었는지도 모를 일이었다. 아무래도 그 시절 우리는 가볍고 가벼운 매미 울음 한 소절이었을 것만 같다.

나는 낫고 있다, 그 말에 대해

어느덧 병원 생활이 반년 가까이 지나가고 있었다. 그 동안 퇴원 이야기가 전혀 없었던 것도 아니었다. 식사를 하기 시작하고 주사를 끊고 알약을 입으로 넘기기 시작하면서 웬만하면 퇴원하여 가정에서 자가 치료를 해도 좋지 않겠느냐는 의견이 있었다. 그래서 며칠 후 퇴원을 적극적으로 고려해보자는 말이 몇 차례 오가기도 했다. 그러나 정작 퇴원하기로 약속한 날이 가까워지면 몸에 미묘한 변화가 일어나는 것이었다.

예를 들면 염증 수치 같은 경우, 8이나 9이던 것이 20에 육박하도록 올라버리고 마는 것이었다. 이렇게 되면 의료진도 긴장하게 되고 퇴원 이야기는 물거품으로 돌아가고 말아버린다.

그런 숨바꼭질 같은 일이 8월 1일경부터 시작하여 퇴원 날인 8월 20일까지 계속되었다. 그건 또 하나의 위기 상황이었다. 앞으로 나아갈 수도 뒤로 물러설 수도 없는 질곡 같은 것이었다. 내가 꼭 올무에 걸린 한 마리 산짐승이 아닌가 생각될 지경이었다.

아들아이의 의견은 달랐다. 될수록 병원에 오래 머물러 있어야 한다고 했다. 그래서 몸 상태가 어느 정도 확실하게 좋아진 뒤에 퇴원해야 한다는 의견이었다. 언제든 분명 좋아지는 날이 있을 것이란 믿음을 그 아이는 결코 버리지 않고 있었다.

가끔 아들아이는 토요일에 서울의 병원으로 와 나하고 함께 지내다가 일요일 오후나 월요일 아침 시간에 직장이 있는 대전으로 내려가기도 했다. 돌아갈 때는 빨랫감이며 책, 온갖 잡동사니를 넣은 배낭을 지고 갔다.

그 뒷모습이 꼭 야영훈련을 마치고 돌아가는 병사처럼 보여 미안하고 또 믿음직스럽기도 하여 오랫동안 혼자서 병원 뜨락에 서서 바라보곤 했다. 들판에 홀로 서서 쓰러지기 일보 직전인 늙은 나무같이 된 나로서는 믿고 의지하고 도움을 청할 최후의 일인이 아들아이였던 것이다.

어느 토요일, 대전에서 올라온 아들아이는 누런 대봉투 하나를 내밀었다. 꺼내어 보니 A4 복사용지 한 묶음이 들어 있었다. 거기엔 이런 문장들이 가득히 나열되어 있었다. 한 줄로 쓴 것들인데 그 문장들이 되풀이해서 인쇄되어 있었다.

'나는 나을 수 있다. 나는 낫고 있다. 나는 낫는다. 내가 내 인생의 주인이다. 나는 당당히 병을 이긴다.'

"이게 뭐냐?"

"아버지가 하도 감정적으로 출렁대니까 제가 만들어온 거예요."

"이걸 어쩌라는 건데?"

"하루에 몇 장씩 시간이 있을 때마다 문장을 소리 내어 읽으면서 연필로 밑줄을 그으세요. 그러면 도움이 될 거예요."

그것은 자성예언의 유도요, 심리치료 방법의 하나같은 것이기도 했다.

"알았다, 알았어. 내 그렇게 해보도록 하마."

무슨 일이든 시작이 있으면 끝이 있게 마련이다. 그토록 끈질기게 나를 붙잡고 놓아주지 않던 염증 수치와 백혈구 수치가 눈에 띄게 떨어지고 있었다.

8월 17일, 다시 이성구 교수로부터 퇴원 준비에 대한 지시가 있었다. 몇 차례만 더 혈액검사를 해보고 결과가 나쁘지 않으면 퇴원해도 좋다는 것이었다.

퇴원이 예정된 20일의 이른 아침. 혈액채취사가 혈액을 채취해 가지고 간 다음, 엎드린 거북이같이 고요한 마음으로 기다리고 있었다. 왠지 크게 긴장되지도 않았다. 열 시가 못 되어 서둘러 혈액검사 결과가 나왔다. 백혈구 수치 10,600. 염증 수치 0.96. 안정된 수치였다.

이제는 정말 병원을 벗어날 수 있게 되었다. 퇴원하여 공주의 집으로 돌아가 살 수 있게 되었다. 아무렇지도 않은 일처럼 새날이 밝아오고 하루해가 또 아무 일도 없이 평화롭게 저물고, 그리하여 적막한 저녁이 돌아오는 일상은 얼마나 다행스러운 일이요, 그것 자체가 하나의 행복이 아니겠는가. 그런 일상 속으로 돌아가게 된 것이었다.

나는 오랫동안 인간이 아니었다. 환자였다. 파랑색 비닐 팔찌에 새겨진 환자번호 '35011316'으로 관리되던 그 무엇이었다. 온갖 약물과 검사와 수치에 의해 조정되는 물질적 존재였다. 그 오랜 굴레를 벗고 해방이 되는 것이었다. 많이도 힘겨워하던 아내에게도 병실을 떠날 수 있는 자유를 선물할 수 있었다.

이제 해방이다, 해방. 아내도 이제 해방이다! 드디어 왼쪽 팔목에 채워진 비닐 팔찌를 가위로 잘랐다. 입원하던 날, 아들아이가 그렇게 애타게 노력해서 구해다 채워주었던 바로 그 입원 환자용 비닐 팔찌였다.

나는 열 번이라도 나의 침대에 절하고 싶었다. 간호사나 의사들 한 사람 한 사람을 찾아가 그들에게 허리 굽혀 인사를 드리고 싶었다. 아니다. 될수록 빨리 그들 앞에서 도망치고 싶었다. 그 얼마나 다행스럽고 기쁜 일이었던가. 만세, 만세다.

'하나님, 올무에서 풀려날 수 있게 해주시어 감사합니다. 고맙습니다. 살려주시어 너무나 감사합니다.'

괜찮아, 질 수도 있어

짧지 않은 기간이었다. 오 개월 이십 일. 반년 가까운 날들을 병원에서 묵고 퇴원했다. 그것도 한 병원이 아니라 두 병원을 거쳤다. 두 병원에서 의사들은 입을 모아 비관적인 진단을 내놓았다. 을지대학병원에서는 일주일을 넘기지 못할 거라 했고 서울아산병원에서는 암보다 탈출하기가 어려운 병이라 했다.

병명은 급성췌장염. 쓸개 줄에 생겨난 1.7센티미터의 결석이 빌미가 되어 쓸개 액이 복강으로 흘러내려 그것이 다시 췌장을 자극하는 바람에 췌장액까지 흘러나와 췌장염을 일으켰고 또 내장 지방을 녹여 온 배 속을 비누덩이처럼 어석어석하게(혹은 단단하게) 만들었다고(비누화 현상) 했다.

조그만 집에서 일어난 불이 옆집으로 옮겨붙고 끝내는 온 마을에 불이 붙은 것처럼 되어버린 꼴이었다. 그러한 내가 다시 살아서 병원을 나온 것은 기적에 가까운 일이었다.

아니, 기적 그 자체였다. 인간의 지식이나 기술, 약이나 기계의 힘만으로 가능했던 일이 아니다. 99퍼센트 인간의 최선 위에 1퍼센트 신의 선택과 보살핌이 분명하게 있었다고 믿는다. 신은 내 몸을 통해서 기적을 시험해주신 것이다. 기적을 보여주신 것이다.

어떻게 나는 살아남을 수 있었을까? 병원에 있는 동안, 병원에서 나와 지내는 동안 곰곰이 생각해본 날들이 많았다. 첫째는 운이 좋았다고 본다. 의사도 잘 만났고 병원도 잘 만났고 또 나를 위해 염려하고 기도하고 도와준 다른 사람들의 손길이 참 많았다.

엄청난 협동이 있었다. 어쨌든 살리고 보아야 한다는 일념들이 있었다. 한두 사람이 아니다. 많은 문학 친구들, 교단의 동료와 선후배들, 우리 교회의 교인들, 가족들의 눈물겹고 지극한 간호와 간절한 기도와 도움이 있었다. 그 다음으로 나 자신이 꼭 살고 싶어서 노력을 많이 했다.

주변 사람들은 날더러 생명에의 집념과 의지가 강한 사람이라는 말들을 했다. 그럴지도 모른다. 한사코 살고만 싶었다. 중간중간 포기하고 싶은 때도 있었고 아무래도 불가능한 게 아닌가, 절망적인 시절이 없었던 것은 아니지만 나는 끝까지 살아남아야 된다는 다짐을 하면서 마음의 끈을 놓지 않았다. 아니, 놓을 수가 없었다.

이대로 나의 인생을 끝내기는 너무나 억울할 것 같아서였다. 무엇인가 정신적으로 더 좋은 것, 향기로운 것, 더 높은 것을 이루어보고 싶었다. 그것은 막연한 희망이요, 환상일지도 모른다. 그러나 그러한 불분명한 것들이 나를 기어코 살아 있고 싶은 사람으로 만들었다.

그럼 왜 신은 나를 살려주셨을까? 무엇보다도 신이 나를 선택해주시고 사랑해주셔서 살려주었다고 생각한다. 신은 일찍이 나를 선택하시고 사랑해주시었다. 아주 오래전 내가 어린 나이였을 시절부터 그러했다. 그러나 나는 그것을 모르고 살았다. 아니, 외면했다.

그렇지만 신은 인내심을 갖고 나를 기다려주셨다. 그걸 이번에 새삼 알게 되었다. 깨닫게 되었다. 그걸 알게 하시기 위해 일부러 나에게 질병을 주시고 호된 고난의 날들을 주시었다. 왜 그러셨을까? 다시금 나를 고쳐 쓰시기 위해서는 질병과 고난의 과정이 필요했던 것이다.

그리하여 나로 하여금 길고 긴 병원 생활을 하게 하시었던 것이다. 그런 뒤, 때맞춰 퇴원할 수 있게 하신 것이다. 되짚어보면 이런 모든 것들이 예정된 하나의 코스가 아니었던가 싶은 생각이 든다. 모두가 계획된 일들이었고 또 그 실행이 아니었던가 하는 생각도 든다.

　구체적으로는 지상에서의 삶을 통해서 나에게 어떤 기회를 더 주시기 위해서였다. 나는 종교적으로 구원의 확신이 없었던 사람이다. 인간에게 영혼이 존재한다는 건 인정했지만 우리가 죽은 뒤의 세계, 그 영혼이 어찌 되는지에 대해선 분명한 믿음이나 깨우침이 전혀 없었다. 늘 그것이 궁금하고 답답한 노릇이었다.

　이번에 그걸 확연하게 알고 세상을 떠날 수 있게 기회를 주신 것이다. 그다음으로는 사람들과 화해하고 오라고 기회를 주시지 않았나 싶다. 특히 가족과의 불화가 더러 있었다. 아들아이와의 관계가 썩 좋은 편이 아니었다. 그 아이 어려서 키우고 가르치면서 갈등이 있었고 그로 인해 나에 대한 원망이 있었다. 알면서도 해결 방법이 없었다.

　그리고 형제 가운데 막냇누이와 사이가 원만하지 못했다. 역시 이러한 매듭들을 풀라고 기회를 주신 것이 분명하다. 그리고 개인적으로 미진했던 문제가 있다면 그걸 완성하고 잘못되어진 문제가 있다면 그것 또한 잘 정리하고 오라고 특별히 삶의 말미를 주지 않았나 싶다. 참으로 좋으신 하나님, 감사로운 하나님이시다.

　그럼 나는 이제 어떻게 살아야 하겠는가? 돌려받은 지상에서의 나머지 날들을 어떻게 써먹어야만 하겠는가? 지나간 것들을 생각해서는 안 된다. 거기에 매여서는 안 된다. 그럴 시간적 여유가 없다. 그건 지극히 어리석은 일이고 아까운 일이다.

현재 내 앞에 와 있는 오늘만 열심히 바라보며 순간순간의 생명에 살아야 한다. 내일에 대해서도 미리 걱정할 일이 아니다. 대명제는 이렇다. 이만큼이라도 남겨주신 것을 감사하고 지금이라도 새롭게 시작할 수 있는 것을 감사해야 한다. 다행스럽게 여겨야 한다. 그건 자신에게 주어진 시간과 공간에 대한 자각으로부터 출발한다.

세상의 아름다운 것들만 보고 예쁜 소리만 듣고 또 좋은 생각만 가져야 한다. 그러기에도 지상의 시간이 부족하다. 아깝다. 그리고 가능한 한 좋은 글, 예쁜 글, 맑고 아름답고 선한 글을 써야 한다. 세상을 찬미하고 따뜻하고 아름다운 시를 쓰는 것, 그것은 애당초 나의 몫이었고 본분이었다. 이제금 나는 그것을 재확인하는 것이다.

그 심화 단계에 와 있는 자신을 보게 된다. 사람들에 대해서도 그 누구에게도 원망하는 마음, 미워하는 마음, 싫어하는 마음을 갖지 않기로 했다. 그래서 주변 모든 남자들을 형제라 부르기로 하고 모든 아는 여성들을 누이라 부르기로 했다. 이제 나에게 세상 사람들은 타인이 아니라 정다운 이웃이요, 혈족이었던 것이다.

신은 참으로 아슬아슬한 선에서 나를 선택해주시고 건져주시었다. 급성췌장염에서 나를 건져주신 것이다. 이제 남아 있는 췌장은 20에서 30퍼센트 정도. 그런데도 당뇨병을 주시지 않은 것은 얼마나 감사한 일인가!

이제 내 차례다. 내가 화답할 차례다. 나에게 주어진 소명은 이렇다. 기뻐하라. 사랑하라. 감사하고 찬미하라. '어른처럼'이 아니다. 어린아이처럼 즐거워하라. 분별없이 기뻐하라. 내일을 걱정하지 말고 오늘에, 오직 오늘의 순간순간의 삶에 열중하라. 그것은 나를 다시 살리신 신이 주시는 소명이요, 지상명령이다. 기쁨, 사랑, 감사, 찬미. 그것은 아주 오래전부터 내 시와 인생의 주제였다.

이미 나는 사로잡힌 영혼이었는데 나만 그것을 모르고 살았던 것이다. 이제라도 알게 되어 얼마나 감사하고 기쁜 노릇인가! 감사의 홍수, 그 강물이다.

내일이면 오늘 일이 사무치게 그리워져요

오늘 하루치기 가족 여행을 다녀왔다. 비록 일박이나 이박을 하면서 길게 한 여행은 아니지만 분명 가족 여행을 다녀왔다. 병원에 있는 동안 아이들이 그토록 소원했던 일을 하나 이룬 것이다.

우리 가족은 지금까지 한 번도 가족 여행이란 명목으로 한가롭게 출타해본 일이 없다. 그것이 아내에게나 아이들에게 유감스러운 일로 남아 있었을 것이다. 물론 네 식구가 한꺼번에 먼 곳을 다녀온 일은 있지만 그것은 어디까지나 현실적인 용무 때문에 떠난 행선이지, 가족 여행은 아니었다. 아들아이 나이가 서른이니까 이것은 삼십 년 만에 처음 가져보는 가족여행이다.

병원에 있을 땐 퇴원하기만 하면 목포든 여수든 좀 먼 곳을 다녀오자 그랬지만 아무래도 그건 무리인 듯싶어 가까운 곳을 한번 연습 삼아 다녀오기로 했다. 딸아이는 어제 저녁에 왔고 아들아이는 아침에 왔다. 오늘이 공휴일이 아니므로 아들아이는 직장에서 휴가를 얻고, 딸아이는 학교의 강의를 휴강하고 왔다.

"오늘 저희들 네 식구 모처럼 가족 여행을 다녀올 텐데 무사히 잘 다녀오게 해주십시오."

아내가 기도를 한 다음, 우리는 아침밥을 먹고 열 시쯤 아들아이가 운전하는 차를 타고 출발했다. 목적지는 보령 오천항. 여러 차례 가본 곳이다. 선배가 그곳 학교에서 교장으로 있을 때 여러 번 갔었고, 내가 교장을 할 때도 한 차례 교직원들과 함께 간 일이 있는 곳이다.

오천항은 조그만 항구지만 서해안에서 잡히는 싱싱한 회를 맛볼 수 있는 곳이다. 바닷가에 있는 조그만 마을 전체가 음식점이라 해도 과언이 아니다. 특히 오천은 키조개와 간재미 요리가 유명한 곳이다.

"안 가본 곳을 가보아야지, 이미 여러 번 가본 곳을 다시 가는 것은 무슨 재미야."

아들아이는 운전을 하면서 혼자서 중얼거렸지만 내 생각은 많이 다르다. 이미 가본 일이 있는 곳이라도 오늘 가는 오천항은 새롭게 가는 곳이요, 또 맨 처음 만나게 되는 곳이기도 하다. 우리네 생명은 일회성, 순간성, 변화성이 그 본질. 그 무엇도 두 번이 있을 수 없고 순간에 지나가게 되어 있고 또 끝없이 변화하도록 되어 있다.

이미 가본 곳일지라도 시기가 다르고 함께 한 구성원이 다르면 충분히 새로운 곳이요, 맨 처음 가는 곳이 된다. 그러니 오늘 찾아가는 오천항은 나에게 새롭게 만나는 고장이요, 또 새롭게 태어나는 고장이기도 한 것이다.

날씨가 좋았다. 무르익은 가을이라 그런지 멀리까지 풍경들이 보였고 맑고 따스한 햇볕 아래 모든 물상은 자신의 모습을 솔직하면서도 편안하게 보여주고 있었다. 이런 풍광을 바라보면서 차를 타고 가는 짧은 여행을 가장 좋아하는 사람은 아내다. 역시 아내는 기분 좋은 표정으로 뒷자리에 딸아이와 나란히 앉아 있다.

이번 여행은 특별히 아내를 위로하기 위한 여행이기도 하다. 나의 긴 병원 생활 동안 간호하느라 아내는 마음 고생, 몸 고생이 이만저만이 아니었다. 앓는 사람은 의사나 간호사가 알아서 돌봐준다. 그렇지만 환자 옆에서 노심초사하며 병원 생활을 견딘 아내의 고초는 실상 말로 다 할 바가 못 되는 일이었다.

그 빌미로 요즘 아내는 많이 아프다. 육체도 아프고 정신도 많이 지쳐 있다. 여보, 좋지요? 흘낏 돌아본 아내의 얼굴은 십 년쯤 더 늙어 보이는 얼굴이었다. 나 또한 그런 얼굴이었을 것이다.

점심시간에 맞춰 목적지에 도착했다. 우선 점심부터 먹을 요량으로 음식점을 찾았다. 음식점 이름은 대영회관. 역시 여러 번 와본 집이다.

음식 값이 비싼 대신 회가 좋고 밑 안주 또한 좋은 집이다. 아예 밑 안주가 해산물로만 나온다. 옛날 같았으면 가족들이 불평하건 말건 소주 한 잔을 곁들였을 테지만 오늘은 아니다. 이제는 술과 영이별을 해야 하는 처지다.

게다가 회는 잠시 먹지 않는 게 좋을 거라는 의사의 권유에 따라 나는 익힌 음식만 먹기로 했다. 그래도 먹을 것이 많았다. 조개미역국도 좋았고 대게, 그 큰 게 한 마리를 통째로 먹는 맛이 여간 아니었다. 아이들이며 아내도 매우 만족인 듯싶었다.

점심식사를 느긋하게 마친 뒤, 부두에 나와 낚시질하는 사람들을 잠시 보다가 식구들을 오천성으로 안내했다. 이곳은 조그만 시골 마을이지만 해상 교통의 요충지요, 해산물이 모이는 곳이라서 조선 시대부터 군사적으로 중요시되던 곳이다. 그래서 해군이 주둔해 있던 성터가 남아 있고 거기로 가는 돌계단과 아주 웅장한 돌문도 있다.

그 안으로 들어가면 옛날 관청 건물도 하나 남아 있고 그 건물 뒤쪽으로 에둘러 쌓인 성곽이 있다. 성곽 위로는 구불구불 돌아가는 산책로가 운치를 더한다. 더구나 바다 풍경을 옆으로 하고 거니는 맛은 일품이다. 그러나 사람들은 관광차 오천항에 왔다가도 음식만 먹고 갈 뿐 여기까지는 오지 않는다. 몰라서도 그렇지만 시간 핑계로도 그럴 것이다.

아내 역시 오천항엔 여러 차례 온 사람이지만 여기는 처음이라 그런다. 우리는 돌계단에서도 사진을 찍고 돌문에서도 사진을 찍고 나무 아래서도 사진을 찍었다. 또 관청 건물을 배경으로도 사진을 찍었다.

가을날 오후의 햇빛이 잔잔하고 그윽하면서도 좋았다. 사진 담당은 언제나 그러했듯이 나. 아내도 아이들도 내가 들이대는 사진기를 피하지 않았다. 다들 부드럽고 편안한 모습. 이 얼마나 오랜만에 만나는 우리 가족의 평화요, 행복인가. 우리는 성곽 위 산책로에서 한동안 서성거렸다.

나는 여러 차례 이곳에 왔고 또 이 성곽의 산책로도 걸어본 사람이다. 하지만 오늘 만난 성곽과 산책로는 전혀 다른 것이요, 또 새로운 것이다. 딸아이는 이곳이 어디냐고 물으면서 수첩을 꺼내어 그 이름을 적어 넣는다.

내일 날 우리 부부가 세상에서 사라지고 난 뒤, 아이들도 나이가 들어 어느 날 문득 생각이 떠올라 저희 가족들과 이곳에 찾아온다면 오늘 일을 떠올리겠지. 저희들과 함께했던 아버지나 어머니도 조금 생각해주겠지. 나는 밝은 햇살 아래 더욱 많은 주름살이 드러나 보이는 아내 얼굴을 바라보면서 잠시 생각에 잠겨보기도 했다.

이제 돌아갈 길이 바빴다. 빠르게 달려 홍성군 서부면 남당리로 향했다. 남당리는 대하와 새조개로 알아주는 곳. 우리는 거기서 서울의 사위에게 보낼 꽃게와 새우를 사고 귀로에 올랐다. 오는 길에 청양의 칠갑산 장곡사에 들르기도 했다. 산골엔 이미 단풍이 한창이었고 이름 그대로 골이 깊고 아득했다. 이곳 역시 초행이 아니다.

1981년 5월 어느 날, 어린 두 아이와 우리 내외가 왔던 곳이다. 그날 절 방에서 먹은 칠갑산 취나물 맛을 아내는 아직도 기억하고 있었다. 그러나 피곤하다며 아내는 차에서 내리지 않았고 나만 아이들과 절을 한 바퀴 돌면서 풍경 사진을 여러 장 찍었다.

집에 돌아와 곧바로 저녁 식사를 했다. 이제 아들아이는 대전으로 가고 딸아이는 서울로 가야 한다. 그러면 우리 내외만 남게 된다.

"하나님, 고맙습니다. 오늘 무사히 저희들 짧은 시간이지만 가족 여행을 잘 마치고 돌아와 식탁 앞에 앉게 되어 감사합니다."

아내의 기도는 언제나 경건하고 간절하다. 우리는 내년 봄이 되면 다시 이렇게 가족 여행을 해보자고 이야기를 하면서 헤어질 시간을 재촉했다. 오늘, 일곱 시간 삼십 분.
어쩌면 짧은 시간이었지만 우리에겐 처음으로 떠났던 가
족 여행이었다. 매우 안락하고 즐겁고 유익한 시간이었다.
내일이면 또 오늘의 일들이 사무치도록 그리워질 것이다.

암캥이 수캥이

 아내가 많이 아파 119의 도움을 받아 병원에 갔던 적이 있다. 저녁밥을 먹고 아홉 시쯤 되었을까. 아내가 갑자기 가슴이 답답하다며 혈압을 재달라고 했다. 전자혈압기로 혈압을 재어보니 180에 110, 아주 높은 혈압이 나왔다.

 본래 아내는 저혈압인 사람이다. 그런데 이렇게 고혈압 환자가 되었다. 아마도 이것은 내가 육 개월 동안 병원 생활을 하고 난 뒤의 후유증일 터이다. 마음 졸이며 길고 긴 동안 간병하느라 몸도 미음도 지치고 모든 기능이 나빠진 탓이다.

 급하게 청심환 하나를 먹이고 난 후에도 아내는 계속 통증을 호소하다가 드디어 119를 불러달라고 해, 119에 연락하여 병원을 찾게 되었다. 밖은 어두웠고 비가 아주 많이 내리고 있었다.

 공주에서 유일하게 야간 응급실을 운영하는 공주의료

원으로 갔다. 당직 간호사와 의사로부터 응급처치를 받았다. 혈압을 재고 혈액검사를 하고 심전도검사를 하고 몇 가지 주사를 맞고 혀 밑에 녹여서 먹는 혈압약을 넣었다.

나는 이십 년도 넘게 고혈압 환자로 살았기 때문에 이런 혈압약이나 처방에 대해 이미 잘 알고 있는 처지다. 나하나 고혈압 환자인 것만으로도 족한데 아내까지 이렇게 고혈압 환자가 된 것을 생각하니 여러 가지로 야속하고 답답하게 생각되었다. 그러나 어쩌겠나. 이것이 세월이고 사람 사는 일인데…….

링거주사를 맞으니 아내의 혈압은 빠르게 안정되어 갔다. 검사 결과도 나왔다. 그 무엇도 비정상인 것이 없다 하여 안심이 되었다. 그런데도 아내는 목덜미가 뻣뻣하고 몸이 불편하다고 호소했다. 마음이 불안하고 답답하다고도 했다.

옆에서 볼 때 아내의 증세는 꼭 육체적인 요인만으로 그런 것이 아니라 다분히 정신적인 요인도 가미되어 그러지 싶다. 그만큼 병원 생활에서 받은 스트레스가 컸다. 얼마 전부터 우리는 이렇게 아내와 내가 번갈아 가며 환자 노릇을 하고 보호자 노릇을 하며 살아가고 있다. 아주 어렸을 때 외할머니로부터 들었던 옛날이야기 하나가 떠오른다.

아주 옛날에 어떤 사위가 처갓집에 다니러 갔단다. 저녁밥을 먹고 심심해진 장모는 옆집에 가서 옛날 이야기책을 한 권을 빌려 왔단다. 장모님은 글자를 모르는 까막눈이기 때문에 사위더러 이야기책을 읽어달라고 부탁했단다. 그런데 사위 또한 까막눈이라서 이야기책을 읽을 수 없었단다. 그래서 사위는 이야기책을 받아들고 자꾸만 뒤적거리고만 있었단다. 답답해진 장모님이 사위에게 말을 했단다.

"빨리 책을 읽지 않고 왜 그러고만 있는가?"

더는 견딜 수 없어 사위가 책을 읽기 시작했단다.

"암캥이가 빠지면 수캥이가 건져주고 수캥이가 빠지면 암캥이가 건져주고……."

사위는 글자를 모를뿐더러 시골에서만 살아서 듣고 보고 아는 것도 없는 사람이었더란다. 시골에 살면서 고양이들은 많이 보았는데 그 고양이에 대한 이야기를 꾸며서 이렇게 책을 읽을 수밖에 없었단다. 이 말의 뜻은 여자 고양이가 물에 빠지면 남자 고양이가 건져주고, 반대로 남자 고양이가 물에 빠지면 여자 고양이가 물에서 건져준다는 얘기였단다.

까막눈인 사위는 그 이상은 알 수도 없고 이야기를 꾸며낼 재간도 없어 밤이 깊도록 같은 말만 되풀

이해서 외우고 있었단다.

"암캥이가 빠지면 수캥이가 건져주고, 수캥이가 빠지면 암캥이가 건져주고……."

한참 듣고 있던 장모님이 코까지 훌쩍이며 말했단다.

"그 고대 참 슬픈 고댈세."

이 말의 뜻은 '그곳은 참 슬픈 곳일세'라는 뜻의 말이었단다. 이러한 모습들을 바라보던 장인어른이 아랫목에 누워 있다가 벌떡 일어나면서 화를 냈다는 구나.

"이보게, 자네는 그것도 책 읽는 거라고 읽는 건가? 그리고 당신은 뭐가 좋다고 맞장구를 치고 그러는 거요?"

그렇게 해서 그날 밤 사위의 책 읽기는 끝이 났다는구나.

어려서 처음 외할머니로부터 이 이야기를 들었을 때나 젊은 시절엔 도무지 이해가 가지 않는 구석이 있었다. 실감도 나지 않았다. 참 싱거운 이야기도 있구나, 싶은 정도가 그 시절의 소감이었을 것이다.

그러나 이제 나이가 들고 보니 그 이야기가 액면 그대

로 이해가 되고 감동이 따르기도 한다. '암캉이가 빠지면 수캉이가 건져주고 수캉이가 빠지면 암캉이가 건져주는 일'이 다른 사람들 얘기가 아니라 우리들 이야기가 되었기 때문이다.

내일 아침 날이 밝으면 아내랑 함께 아는 의사가 있는 내과병원이나 신경정신과를 다녀와야겠다. 이번에는 그야말로 암캉이가 빠진 걸 수캉이가 건지는 그런 경우가 되는 것이다.

자세히 보아야 예쁘다

　나의 시 가운데 「풀꽃」이란 이름의 짧은 시가 있다. 2002년 5월 9일, 상서초등학교 교장으로 있을 때 아이들이랑 학교 정원에서 풀꽃 그림을 그리면서 아이들과 대화한 내용을 쓴 것인데 많은 사람이 좋아해주는 시다. 이 시가 세상 사람들에게 보다 가깝게 소개된 것은 일찍이 이해인 수녀에 의해서이다.

　이해인 수녀는 자기의 홈페이지에 이 시를 올리고 자기가 좋아하는 작품 가운데 하나라고 썼던 것이다. 그 뒤 여러 사람이 좋다고 말하기도 하고 여기저기 인용해서 쓰기도 했던 것이다.

　　자세히 보아야
　　예쁘다

오래 보아야

사랑스럽다

너도 그렇다.

ㅡ「풀꽃」 전문

그런데 이 시가 나에게 병원 생활 도중 두 차례나 좋은 소식을 선물했다. 말하자면 행운을 가져다준 시가 되었던 것이다. 첫 번째는 처음 병이나 입원했던 대전 을지대학병원에서였다. 그때는 병세가 호전되다가 다시 나빠져 1인용 병실에서 허우적대고 있을 때였다. 아마도 4월 중순쯤이었을 것이다. 병실 창밖으론 연일 황사 하늘이 펼쳐지고 멀리 새로 꽃을 피우는 가로수들이 지향 없이 보이던 날들이었다.

계속되는 고열과 해열제 투여로 비 오듯 하는 발한發汗 과정을 거듭하고 있던 나의 병실 안으로 몇 사람의 낯선 얼굴이 찾아왔다. 자기들은 부산시 담당2동 동사무소 직원들이라고 소개했다.(그 가운데 한 사람이 조건종이란 사람이었을 것이다.)「풀꽃」이 자기네 동민들의 시(동시洞詩)로 선정되어 시비로 만들어 세우기로 했는데 허락해달라는 얘기였다.

좋은 곳에 쓰이는 거니 물론 허락한다고 대답해주었다. 그때 나는 나의 작은 시 한 편이 세상에 나가 사람들한테서 좋은 평가를 받는다는 데에 대해 조그만 기쁨을 가진 바 있다.

그건 이번에도 그랬다. 두 번째 수술을 받고 나서 하루 이틀 힘겹게 지내고 있을 무렵 서울의 푸른길출판사 김선기 사장으로부터 한 통의 전화가 걸려왔다. 그녀는 내가 다시 병원에 있다 하니 놀라면서 그래도 좋은 소식이 있어 알리는 거라 했다.

다름이 아니라 바로 그「풀꽃」시가 초등학교 2학년 2학기 국어과 교과서에 실리게 되었다는 것이다. 사실 그동안 내 시 작품이 한 편도 교과서에 실리지 않은 사실에 대해 매우 섭섭하게 여겼던 사람이다. 다른 또래 시인들의 시는 교과서에 잘도 실리는데 말이다.

그럼 왜 하필이면 김선기 사장이 그 사실을 알고 내게 전화를 하게 되었을까? 그건 또 한 권의 책으로 비롯되는 이야기다. 교직 정년을 앞두고 초등학교 아이들에게 기념으로 줄 만한 책을 남기고 싶어 시 해설을 넣어 시선집 형태의 시집을 김선기 사장의 푸른길출판사에서 낸 일이 있다.

『이야기가 있는 시집』이란 책이 바로 그것. 그 책 속에「풀꽃」이란 시를 넣고 그 시를 쓰게 된 경우를 소상히 적어 넣었는데 교과서를 만드는 사람들이 보고 좋다고 여겨 책에 수록하게 되었던 모양이다. 책이란 또 이렇게 엉뚱한 곳에 가서 저 나름 뿌리내리고 나 대신 자생력을 얻어 살아가는 생명체 노릇을 하고 있었다.

어쨌든 「풀꽃」이란 시는 나에게 두 번씩이나 그것도 병원 생활 가운데 기쁜 소식을 전해준 시가 되었다. 어쩐지 그 일 하나만으로도 나에게 좋은 일이 일어날 것 같은 희망의 뿌리가 되었고 병상을 털고 일어날 것 같은 소생의 확신을 심어줬다.

병원에서 맞은 아내의 회갑

　두 번째 병원 생활을 하면서 가장 미안한 사람은 역시 아내다. 이번에도 또 아내에게 매우 미안한 일이 일어났다. 아내가 병원에서 자기의 회갑 날을 맞게 한 일이 그것이다.

　아내는 소띠. 음력으로 1949년 4월 20일생. 늘 자기 생일이 '모레 생일'이라고 말하곤 했다. 양력으로 바꾸면 5월 14일. 이번의 병원 입원 기간이 5월 6일부터 5월 18일까지였으니 딱 그 중간에 끼어버린 것이었다.

　평생에 한 번뿐인 회갑 날을 병원에서 병든 남편을 간호하면서 얼음밥을 먹게 하다니! 두 아이는 이런 점에서 나를 비난하고 나쁘다 그랬지만 나로서는 또 어쩔 도리가 없는 노릇이었다.

　그래도 아내는 자기 회갑을 병원 생활을 하면서 맞이하게 된 것보다 내가 다시 생명을 얻고 살아난 일이 더 없이 기쁘고 감사한 일이라 말했다. 같은 병실 다른 환자의 보호자들과 이야기하는 동안에 아내는 이렇게 말하곤 했다.

"나는 남편 없이 혼자 사는 세상을 생각할 수 없어요. 만약 남편이 잘못되면 따라서 죽고 말 거예요."

이런 아내 말을 듣고 앞자리 환자의 부인은 시큰둥한 투로 대답했다고 한다.

"열녀 났네, 열녀 났어!"

실상 열녀가 별스러운 사람인가. 남편을 위해 최선을 다하고 남편 목숨을 건지기 위해 몸을 던지는 여자가 열녀가 아니겠는가.

아내와 나는 그날 다시 입원한 뒤 처음으로 병원의 동관 7층에 있는 옥상 정원으로 바람 쐬러 나갔다. 역시 모처럼 맞는 바깥바람이 자극적이었다. 화창한 5월의 날씨. 싱그런 바람이 불고 있었다. 제법 우북하게 자라나 실록을 이룬 나무 이파리들이 바람에 배때기를 뒤집으며 출렁대고 있었다. 마치 그것은 초록의 바다 위에 파도가 치는 것 같았다.

이 7층 옥상 정원은 이태 전에도 자주 와 걷기 운동을 하던 장소이다. 이렇게 다시 환자가 되어 같은 장소에 같은 사람이 오다니! 생각해보면 어찌 답답한 일이 아니겠는가.

아내와 나는 나무 그늘 밑에 마련된 기다란 나무의자에 나란히 앉았다. 그러다가 나는 앉아 있기도 힘들어 나무 의자 위에 기다랗게 누웠다. 하늘에는 희끄무레 구름이 떠 있고 구름 사이로 옥빛 하늘이 터져 보였다. 한동안 누워 있었더니 자꾸만 내 몸이 하늘로 떠올라 구름 사이 옥빛 하늘 사이로 빨려 들어가는 것 같은 착각에 빠졌다. 그것은 하나의 환상이었을까. 그날 밤 두 번째로 병원에 들어온 뒤 처음으로 시 몇 편을 썼다.

하늘의 숨결

배를 가르고 피를 많이 흘리고
남의 피를 받아 목숨을 잇고 나서
아흐레 만에 병원 뜨락나무 긴 의자에
거꾸로 누워 바라보는 5월 하늘이
너무나 맑고 푸르러 새삼스레 눈물겹구나

이승의 것 아닌 것처럼 보이는
연두색 빨강색 단풍 잎새
바람이 지날 때마다 살랑살랑
아기 손바닥을 흔드니
하늘의 숨결이 저러하지 않을까

누워 있는 몸이 자꾸만 하늘 속으로
빨려 들어가려고만 한다

둥둥 풍선이 되어 하늘로 떠오르려고만 한다
이러다가 내가 아주 하늘의
숨결이 되는 건 아닐까

기인 꿈속의 한풍경 같은 한 날이
내게 또 있었다.

새잠

한숨만 자자
한숨만 자자
아니 한숨만 깨어있자
한숨만 깨어있자
나는 지금 두 번째 마취에서
깨어나고 있는 중

창밖에 거센 바람이라도 부는지
높은 가지
출렁대는 초록의 말꼬리 끝에
새 한 마리 앉았다간 날고
날았다간 앉는 걸 본다.

괜찮아요, 소리 내어 울어도 괜찮아요

병원 생활을 하다 보면 평상시 만날 수 없었던 사람들을 만나는 경우가 있다. 의사나 간호사들 같은 분들도 그렇지만 같은 환자 신분으로 만나는 경우, 특별한 사람이 있을 수 있다. 다 같이 병이 깊어 병원에 들어온 사람들. 세상의 모든 이력과 배경을 지워버리고 오직 환자일 뿐인 사람들.

그 사람들의 모습을 통해 나 자신을 재발견하게 되기도 하고 스스로 처지를 재확인하기도 하고 스스로 처지를 오히려 감사하게 여기는 계기로 삼기도 한다.

지난번 병원 생활에서도 같은 방 환자들 가운데에서 당뇨병의 합병증으로 고생하는 사람들을 보면서 많은 것을 느낀 바가 있다. 질병 가운데 당뇨병이란 병이 인간을 삶으로 비참하게 만들어 죽음으로 이끌고 가는 병이란 것을 그때 알았다.

차라리 그것은 몸서리치도록 무서운 고문이었다. 인간의 몸 구석구석을 분해하듯 망가뜨리는 것이 당뇨병이다. 인간의 최후에 남은 존엄성마저 훼손하려 드는 것이 당뇨병이다.

이번에도 한두 사람, 병실에서 특별한 환자를 만난 적이 있다. 두 번째 수술을 하고 회복기에 들어갈 즈음 내 앞자리 침대에 키가 훌쭉하니 커서는 깡마르고, 머리가 벗겨진 남자 환자가 새로 들어왔다. 알고 보니 그는 지방 종합병원에 치과 과장으로 근무했던 의사 환자였다. 병명은 담도암. 의사도 병이 들 수 있다는 것을 새롭게 느꼈다.

이야기 도중 그는 나보다 한두 살 나이가 어린 사람이었고 또 우리 고향 서천군 기산면 막동리에서 바로 이웃되는 마을인 영모리에서 출생하고 성장한 사람이라는 것을 알게 되었다. 덕분에 그와 함께 고향인 서천에 대한 많은 이야기를 나눌 수 있었다.

그는 알음알음 내 이름을 알고 있었다. 한두 차례 신문이나 책에 난 내 이름을 보았노라 했다. 나는 그의 주소와 이름을 적으면서 퇴원하게 되면 책을 한 권 보내주마 했다.

역시 같은 병실에 만난 췌장암 환자. 그는 서울 신림동에 사는 사람이라는데 갑자기 몸이 안 좋은 것 같아 병원에 들렀다가 췌장암 말기 판정을 받고 수술한 환자로 넓이

반쯤은 나가 있었다. 무슨 날벼락이냐는 표정이었다. 의사의 진단은 앞으로 일 년 정도 생존 가능이라는 것이었다.

그는 자신의 병을 쉽사리 받아들이지 못하는 것 같았다. 그것은 대학생 시절 만나 연애 결혼했다는 부인도 마찬가지인 성싶었다. 병원에서는 별다른 대책도 없이 퇴원을 시키는 것 같았다. 다만 집에 가서 이러이러하게 섭생을 하고 투병하라고만 권면하는 수준인 듯싶었다. 우리 방에는 대부분 중증 환자들뿐이었다.

처음엔 나도 암환자인 줄 알았던 모양이다. 그런데 보호자끼리 이야기하는 과정에서 비록 재수술까지 했지만 가볍게 퇴원할 환자란 것을 알게 되었다. 내가 또 췌장염으로 죽을 고비를 넘겼다는 말을 듣기도 하였다. 마침 그 환자가 퇴원 수속을 마치고 계산서가 나오기를 기다리는 시간이었다.

병실 안으로 전도하러 다니는 한 여성이 전도지를 들고 들어왔다. 병실 안에서는 흔히 볼 수 있는 풍경이다. 김삼환 목사가 시무하는 서울명성명교회에서 나온 전도인이라 했다. 그 여성은 나한테 와서 전도지를 주고 나와 함께 김삼환 목사와 명성교회에 대해 한동안 이야기를 주고받았다. 그러고는 나를 위해 기도해주었다.

나는 간절한 마음으로 '아멘' 하고 받아늘였다. 그러고 있을 때 앞자리 췌장암 환자가 벌떡 자기 자리에서 일어나 내가 있는 쪽으로 건너왔다. 그는 다짜고짜로 물었다.

"그럼, 선생님도 췌장을 앓으셨습니까? 그런데 좋아지셨습니까? 그럼 나도 살 수 있을까요?"

그건 너무나 의외의 돌출행동이요, 예상 밖의 질문이었다.

"그럼은요. 얼마든지 사실 수 있습니다. 문제는 살 수 있다는 본인의 믿음과 기어코 살아야겠다는 의지입니다. 그러기 위해서는 예수를 받아들이고 믿음을 가져야 합니다."

"그럴까요?"

그가 어벙벙한 표정을 짓고 있을 때 나는 방안에서 아직 나가지 않고 머뭇거리고 있던 명성교회 전도인을 불렀다.

"명성교회 집사님, 이리 좀 와보시지요."

전도는 빠르게 이루어졌다. 명성교회 집사님은 수순에 따라 예수를 구주로 받아들이겠느냐 묻고 아멘으로 화답하라고 요구했다. 그는 힘겹게 '아멘' 하고 화답했다.

"많이 우셔야 돼요. 우셔야 구원을 받을 수 있고 또 마음이 후련해집니다. 저도 얼마나 울었는지 모릅니다. 마음 놓고 소리 내어 우시기 바랍니다."

나는 그에게 울기를 권하며 그의 손 위에 내 손을 얹었다. 명성교회 전도인의 기도가 끝났을 때 정말로 그의 얼굴은 눈물로 범벅이 되어 있었다. 우리가 기도를 마치고 나자 그 환자의 딸이 간호사실로부터 계산서를 가지고 왔다.

조금 이따가 그 환자는 여러 차례 뒤를 돌아보며 병실을 나갔다. 나는 웃으며 그에게 손을 흔들었다. 참으로 그것은 급박하게 이루어진 전도의 순간이었다.

그다음으로는 비껴서 앞자리에 입원해 있던 환자. 그는 사십 대 중반쯤 되는 남자 환자로 간암 말기라 했다. 키가 헌칠하니 크고 머리숱이 짙고 얼굴도 갸름하니 잘생긴 남자인데 남쪽 끝 완도에서 사는 사람이라는데 며칠 뒤 고향에서 중학교 1학년에 다니는 딸아이가 올라오면 간 이식 수술을 받는다 했다.

이 얼마나 답답하고 안타까운 노릇이겠는가. 겨우 중학생 되는 딸아이한테서 간을 이식받다니! 다른 환자들의 경우에도 보면 아들아이보다는 딸들이 아버지에게 간을 이식하는 사례를 여럿 보았다. 그러고 보면 여자는 나이와 관계없이 나면서부터 모성이나 측은지심 같은 요소를 그 내면에 간직하고 태어나는 게 아닌가 싶은 생각이 들었다.

그 환자를 바라보면서 내내 어둡고 마음이 편치 않았다. 그는 처음엔 정신이 말짱했는데 시간이 시남에 따라 이상한 행동을 자주 했다. 밤에 잠을 자지 않고 병실 안을 돌아다닌다든지, 나중에는 수면제를 복용하고 자다가 수면제가 덜 깨어 병실 안의 화장실 하나 제대로 찾지 못하고 다른 환자가 자는 침대 구석에 들어가 바짓가랑이를 내리고 오줌을 본다든지…….

여러 날 뒤에는 눈까지 보이지 않게 되어 눈을 감은 채 더듬적거리며 음식을 먹는 것을 보았다. 질병이란 인간을 저토록 불쌍하게 만든다. 아직은 팔팔하게 살아야 할 사십 대인데 남은 생애를 어찌 견디며 살아갈꼬? 내내 마음이 편치 않았다.

없었던 일에 대한 감사

비껴서 앞자리
겨우 40이나 넘겼을까 말까 한 남자 환자
윤기 나는 머릿칼에다가
매초름하니 갸름한 얼굴

이틀 뒤엔 남쪽 끝 완도로부터
중학교 1학년 다니는 딸아이가
엄마와 함께 와 간 이식
수술을 해준다 한다

간암 말기 판정이라서
딸아이 간이 아니면
다시 사람일 수 없다는 것이다

하나님, 40살 넘길 무렵 저에게
저런 일이 없게 하신 것을
감사합니다

하나님, 더구나 우리 딸아이
중학교 1학년 때 저런 일 없었던 것을
더욱 감사합니다.

아침이 멀리 있어도 아침은 와요

    외과 치료는 내과 치료와 많이 달랐다. 두 번이나 수술을 했으나 밥도 빨리 먹게 하고 주사도 별로 오래 놓아주지 않았다. 진통제와 함께 사오일 주사 줄을 달고 있었을까. 주사를 끊고 나서도 별다른 투약이 없었다. 다만 간호사들이 내가 집에서 가지고 온 내과 약을 받아 가지고 있다가 시간에 맞추어 나누어주곤 했다.

    외과 치료는 내과 치료와 달리 단순 명쾌하고 그 치료의 진행 속도가 빨랐다. 하루에 한두 차례 간호사들이 와서 수술 부위에 달아놓은 비닐 병에서 분비물을 제거하는 일을 해주었다. 다만 오줌 줄은 비교적 오래 끼고 있었는데 내가 혹시 소변 배설을 힘들어하지 않을까 싶어서 담당 의사의 배려로 그리된 일이었다.

    재수술받은 지 여드레 만인 5월 16일 새벽 세 시 삼십 분경, 레지던트 일 년 차인 장지웅 닥터가 찾아외 수술 부위에 실밥을 뽑아주고 분비물 제거용 비닐 병을 떼어주고 소독약을 발라주었다.

내 몸에는 이제 주사기도 그 어떤 부착물도 붙어 있지 않게 되었다. 실은 담당 의사인 조휘돈 닥터가 그런 조치들을 해주었어야 하는데 외과 의사들 대부분이 주말을 맞아 경주로 세미나 차 출장을 갔으므로 비상근무인 일 년 차 장지웅 닥터가 대신해서 한 일이라 했다.

깊은 새벽 시간인데 병실을 돌며 환자 치료를 해주다니! 수련 의사의 고달픔이 보통이 아니라는 생각이 들었다. 장 닥터가 다녀간 뒤 아내가 내 배 위에 손을 얹고 간절한 목소리로 기도를 해주었다.

"하나님 아버지. 이번에도 남편과 함께 집으로 돌아가지 못할 뻔했습니다. 생과 사의 갈림길에서 내 남편을 돌려주신 하나님! 남편의 몸을 통하여 기적을 보여주신 하나님께 영광과 감사를 드립니다. 길이요, 진리요, 생명이신 하나님. 너희가 기도할 수 있는데 무슨 걱정이냐, 그러셨지요? 쉬지 말고 기도하라, 범사에 감사하라, 항상 기뻐하라, 그러셨지요. 내 남편이 가는 길이 어두운 밤길입니까? 밝은 등불이 되어주시고. 넘어야 할 산이 있습니까? 올라야 할 고개가 있습니까? 올바른 지팡이가 되어주시고. 건너야 할 강이 있습니까? 튼튼한 다리가 되어주소서."

그날 밤 실밥을 뽑고 나서 더 이상 잠을 이루지 못했다. 아내가 다시 잠든 뒤에도 나는 침대에 누운 채로 창밖을 내다보며 밤을 꼬박 지새웠던 것이다. 이제 하루 이틀만 지내면 퇴원하게 된다고 생각하니 더욱 잠이 멀어졌다. 퇴원하여 치룰 문화원장 선거에 대한 생각을 하니 더욱 복잡한 심정이 되었다.

넓은 통유리창을 통해 바깥 풍경이 환하게 내려다보였다. 병원의 넓은 야외주차장은 텅 비어 있는데 다만 수없이 많은 외등이 줄을 지어 서 있었다. 마치 외등들은 커다란 눈을 부릅뜨고 텅 빈 주차장을 지키는 살아 있는 짐승들 같았다.

지난번 앓을 때도 병실 밖의 불빛을 보면서 지새운 밤이 더러 있었지만 이렇게 새벽 시간에 깨어 창밖을 보면서 꼬박 밤을 지새우는 일은 살아가면서 그리 흔한 일이 아니다. 나는 아예 잠자는 일을 포기하고 창밖의 외등 불빛이나 보면서 그 밤을 지새우리라 마음먹었다. 그랬더니 오히려 마음이 편안해졌다.

그날 밤 외등 불빛도 시간에 따라 다른 모습을 보인다는 걸 알았다. 깊은 밤 외등의 불빛과 새벽녘의 외등 불빛이 전혀 달랐다. 깊은 밤 외등 불빛은 새하얀 불빛을 자랑한다. 뭔가 팽팽한 느낌이 들고 충만감이랄지 정직감이랄지 긴장감 같은 것까지 맴돈다. 지극히 명상적이기까지 한 불빛이다.

그러나 시간이 지남에 따라 새벽이 되고 동틀 무렵이 가까워지면 외등의 불빛은 점점 불그스름한 빛깔로 변하게 된다. 불빛이 퍼져 보이고 해이감을 느끼게 된다. 불빛 주위로 피로감 같은 것이 감돌게 된다. 그러다가 어느 순간 날이 밝으면 전등불이 탁 꺼지게 된다. 그러나 나는 한 번도 전등불이 그렇게 확실하게 꺼지는 순간을 본 적이 없다.

어쩌다 보면 켜져 있는 외등이거나 다시 한눈팔다 보면 또 꺼져 있는 외등이거나 그 둘 가운데 하나였다. 그만큼 순간을 만나기는 어려운 일이다. 두세 시간 창밖의 외등을 지키면서 나의 가슴 속에서 문장 한 줄이 떠올랐다가 가라앉았다가 했다.

'아침은 멀었는가? 그래 아침은 멀었는가?'

이 또한 얼마나 감사한 일인가

어제 늦은 오후에 또 병원을 다녀왔다. 이번엔 정형외과다. 왼쪽 팔꿈치에 탁구공 크기만 한 물집이 잡혔기 때문이다. 이유를 모르겠다. 어디에다가 호되게 부딪쳤는지, 책상에 팔을 오래 고이고 있어서 그런 건지. 며칠 전 서울아산병원에 정기 검진을 받으러 가서 담당 의사에게 보였을 때 별스럽지 않은 것 같으니 시골로 내려가 동네 병원을 찾아가보라 해서 그렇게 한 것이다.

기다리고 있는 환자가 제법 많았다. 다른 때 같으면 기다리는 시간이 지루하다고 안절부절못하며 부스럭거렸을 텐데 진득하게 앉아서 기다리다가 내 차례에 진찰실 안으로 들어갔다.

의사가 대뜸 나를 알아봤다. 의사 아들이 초등학교 시절 우리 집 딸아이와 책상을 이웃해 쓰던 단짝 친구였다. 그 뒤로도 발목에 통풍 기운이 있어 여러 차례 찾아가 신세를 졌으니 알아보는 것은 당연한 일이겠지 싶다.

의사는 근황을 물었다. 치료를 받으며 그동안에 있었던 일들을 잠시 이야기 나누었다. 나는 요즈음 감사하고 고맙지 않은 것이 하나도 없다고 말했다. 의사는 치료하던 손길을 멈추고 잠시 내 눈을 똑바로 들여다보며 그 '감사'란 말에 주목하며 말했다.

"그렇습니다. 사람이 늘 감사하는 마음을 가지면 병에도 걸리지 않습니다. 건강한 사람이 됩니다. 사람이 불평불만하고 어두운 생각을 많이 해서 건강도 해치고 병에 걸리기도 하는 것입니다."

의사는 간단하게 치료를 하고 팔꿈치에 붕대를 감아주면서 책상에 앉아서 글을 쓸 때도 팔꿈치를 세우지 않도록 하고 될수록 아끼라고 일러주었다. 진찰실을 나오면서 나는 의사와 간호사에게 각각 '감사합니다.' 하고 웃으며 인사를 했다. 짐작했던 것보다 간단하게 치료가 되었고 또 대단한 병이 아니라서 얼마나 다행이고 감사한 일인가. 내 몸의 병을 고쳐주었으니 그 의사와 간호사가 또 얼마나 감사한 사람들이겠는가.

자전거를 타고 어두운 밤길을 돌아오면서 나는 감사에 대해서 다시금 생각해봤다. 교회에서도 기도할 때 회개와 감사를 기도의 첫머리에 넣으라고 가르친다. 회개가 첫머리에 오는 건 알겠는데 감사가 첫머리인 건 잘 알지 못했다. 그러나 이제는 알 만하겠다. 이미 내가 받은 것이 많지 않은가. (무엇을 어떻게 받았느냐 물으면 곤란한 일이다. 그건 각자의 몫이니까.) 받은 것이 있으니 감사한 일이다. 그것을 깨달았으니 그 또한 감사한 일이다.

감사는 신을 위해서 하는 것이 아니다. 자기 자신을 위해서 하는 것이다. 감사는 또 형식이나 예의가 아니다. 그것은 인간에게 꼭 필요한 것이고 마음의 한 양식과 같은 것이다.

치료를 받아서 그런지 자전거 핸들을 잡은 손이 한결 부드럽고 편안했다. 오늘 하루 이렇게 고요하게 나의 하루, 날이 저물어가는 것이 얼마나 감사한 일인가. 거리엔 어둠이 깔리고 집집마다 창문에 불빛이 켜지고 있었다. 이 또한 얼마나 감사한 일인가.

너에게 감사

사랑하는 사람들 사이에서는
더 많이 사랑하는 사람이
단연코 약자라는 비밀

어제도 지고
오늘도 지고
내일도 지는 일방적인 줄다리기

지고서도 오히려
기분이 나쁘지 않고
홀가분하기까지 한 게임

사랑하는 사람들 사이에서는
더 많이 지는 사람이

끝내는 승자라는 비밀

그걸 깨닫게 해준 너에게
감사한다.

당신과 앞산을 오르는 것도 기쁨 아니겠소

인간의 감정 가운데 기쁨만큼 좋은 감정도 드물다. 기쁨은 우리의 마음을 평화롭게 만들어주고 부드럽게 만든다. 긍정적인 사람이게 한다. 그리하여 주위 사람들과 잘 어울려 살도록 한다. 기쁨은 즐거움과 비슷한 감정이지만 약간은 다른 무늬를 가지고 있다.

다분히 즐거움이 눈에 보이는 것이요, 물질적인 것이고 육체적인 것이라면, 기쁨은 눈에 보이지 않는 것이요, 영혼적인 것이기까지 하다.

빛깔로 친대도 기쁨은 환하고 따스한 빛깔이겠다. 알록달록 어여쁜 빛깔이다. 모양으로 바꾸어보아도 기쁨은 모난 것이 아니라 둥글고 부드러운 것이겠다. 우리들 인간은 슬프거나 괴로운 감정보다는 기쁘고 즐겁고 행복한 감정을 추구하는 존재다.

아니다. 세상에 존재하는 모든 목숨 가진 것들은 기쁨

을 원한다. 그건 동물만 그런 것이 아니라 식물들도 그럴 것이고 어쩌면 무생물까지도 그럴지 모르는 일이겠다.

> 난초 화분의 휘어진
> 이파리 하나가
> 허공에 몸을 기댄다
>
> 허공도 따라서 휘어지면서
> 난초 이파리를 살그머니
> 보듬어 안는다
>
> 그들 사이에 사람인 내가 모르는
> 잔잔한 기쁨의
> 강물이 흐른다.

이 작품은 「기쁨」이라는 시다. 나이 마흔 살을 지나 쉰 살에 가까워지면서 세상사는 일들이 시들하고 마음의 동력이 떨어졌을뿐더러 점점 잠이 오지 않는 밤이 쌓여갔을 때다. 그때까지 살아온 일들이 조금은 억울하고 후회하기도 했다.

그 무렵 자다가 새벽쯤 잠이 깨 멍하니 어둠 속에서 창밖을 바라볼 때가 많았다. 거실의 한 귀퉁이 창변 쪽으로 난초 화분이 몇 개 있었다. 흐린 눈에 난초 화분이 들어왔다. 난초는 이파리가 시원하게 뻗은 우아한 식물이다. 조금만 건드려도 이파리가 크게 흔들린다.

난초 이파리에 내 무거운 마음을 실어본다. 난초 이파리가 내 마음을 받아 한쪽으로 기운다. 난초는 순간, 정답고도 고운 연인이 되며 살가운 누이가 된다. 믿음직한 이웃이 된다. 난초가 고맙다는 생각에 이른다. 어두운 내 마음속에 기쁨이 인다.

진정한 기쁨은 자기가 알지 못했던 것을 알게 되었을 때, 무언가 깨달아 알게 되었을 때 온다. 유레카eureka. 아, 그렇구나! 몰랐던 것을 아는 것이 유레카이다. 이 유레카가 바로 진정한 기쁨의 원천이다. 내 마음속에 있었으나 오랫동안 몰랐던 것이 환하게 불을 켜고 다가오는 순간, 그것이 진정한 기쁨의 순간이다.

줄탁동시啐啄同時. 알껍데기 안에서 병아리가 지줄거리고 밖에서 어미 닭이 쪼아주는 것도 기쁨일 것이다. 뿐이랴. 도달하기 어려운 인생의 목표에 기어코 도달하고 말았을 때 그 성취가 또한 기쁨이 될 것이다.

내 경우는 어떠한가. 오래전부터 읽고 싶었던 한 권의 좋은 책을 끝까지 읽었을 때, 모처럼 마음에 드는 시 한 편을 썼을 때, 좋은 음악을 들었을 때, 새로운 그림책을 구입해서 보았을 때, 낯선 고장을 여행하여 처음 보는 아름다운 풍광 앞에 마주했을 때, 보고 싶은 사람을 마음속으로 지그시 그리워할 때.

그리고 싶은 그림을 뜻대로 그렸을 때, 교회에 가서 목사님의 설교를 들으며 눈물 글썽일 때, 딸아이가 밝은 음성으로 전화를 걸어 근황을 알려왔을 때……. 기쁨이라 해서 어디에 따로 항목이 정해진 것은 없다.

우수마발牛溲馬勃, 그러니까 쇠오줌이나 말똥같이 하찮고 천하기까지 한 것일지라도 사람에 따라서는 귀한 것일 수 있고 기쁨의 원천이 될 수도 있는 것이리라.

오늘도 일요일, 아내와 함께 교회에 다녀왔다. 예배를 마치고 교회 식당에서 잔치국수를 한 그릇 반이나 먹고 교회 버스를 타고 집으로 돌아왔다. 돌아오는 자동차 안에서 아내가 오늘은 날씨가 썩 좋으니 산에 한번 가자고 말했다. 급한 일거리가 있긴 했지만 선뜻 그러자고 동의했다.

집에 돌아오는 대로 운동복으로 갈아입고 등산화를 챙겨 신고 집을 나섰다. 마을 앞산을 오르기 위해서다. 한 시간이면 충분히 다녀올 수 있는 거리다.

"여보, 이렇게 겨울날의 일요일, 해 밝은 오후의 한 시간, 마을 앞산을 오르는 것도 하나의 좋은 기쁨이 아니겠소?”

　대답은 하지 않았지만 아내 또한 같은 생각이었겠지 싶다. 모처럼 아내의 얼굴이 환하고도 편안해 보였다.

날마다 사는 연습이지요

아내와 나, 산행을 한다. 산행이라 해도 대단한 것이 아니다. 한 시간 정도 아내와 함께 우리 마을 앞산을 한 바퀴 돌아오는 산행이다. 우리 집 가까이 이렇게 좋은 산길이 숨어 있었나 싶을 정도로 좋았다. 이미 많은 사람이 다녀간 흔적이 있었다. 정작 우리 내외만 모르고 있었던 게 아닌가 싶었다.

아내와 앞서거니 뒤서거니 하면서 가다가 쉬고, 쉬다가 다시 가곤 했다. 오르막길은 적당히 경사지고 숨이 차서 좋았고, 내리막길은 또 적당히 미끄러운 길이어서 또한 좋았다. 솔잎이며 활엽수 잎들이 떨어져 있어서 산길은 스펀지를 밟는 것처럼 폭신한 느낌이 들었다.

산길은 주로 소나무 수풀 속에 있어서 반쯤 그늘이 드리워져 있었고 바람이 부는 것도 아닌데 드러난 목덜미가 써늘했다. 그건 솔향기 때문이었을까. 산속엔 이미 깊은 가을이 머물고 있었다. 아니다. 가을은 많이 왔다가 어느새 떠나갈 준비를 서두르는 듯 뒷모습을 보이고 있었다.

실로 가을 산길은 겸허하다. 여름 동안 굳게 잠갔던 마음의 빗장을 풀고 인간의 번잡스러운 접근을 부드럽게 허용한다. 어디든 훤하게 드러나 보인다. 가을 산속에 들어와 보면 산속에도 길이 참 많다는 걸 알게 된다. 주로 등산로이고 나물 캐는 사람들이 다녔음 직한 좁은 길이다. 흐려서 보일 듯 말 듯 한 길. 그러한 길로는 마음도 자분자분 소리를 만들지 않고 멀리까지 가고 싶어 한다.

아서, 아서. 사람들이 많이 다닌 길로 가야만 돼. 마음을 달래며 가는 산길에서 들리는 소리는 안 좋은 것이 하나도 없다.

낙엽 갈리는 소리, 물소리, 벌레 소리, 바람 소리. 그 가운데에서 가장 좋은 것은 새소리다. 상수리나무 꼭대기, 밝은 햇빛 속에서 새 떼가 우짖고 있다. 시끄럽지만 결코 시끄럽게 들리지 않는 소리. 무릇 자연의 소리가 그러하듯 새소리 또한 그렇다. 지금 녀석들은 햇빛을 쪼아 먹느라 저렇게 요란스러운 소리를 내는 게 아닌가, 나는 그런 엉뚱한 생각을 해본다.

요즘 나는 사는 방법을 많이 바꾸었다. 병원에서 오래 머물다 나오기도 하고 직장에서 물러난 이후 찾아온 변화라 하겠다. 요점은 지금까지 이렇게 살던 것을 앞으로는 저렇게 살겠다는 것이다. 하던 일 가운데 계속할 필요가 있는 일은 충분히 그렇게 하겠지만 가능한 범위 안에서 바꾸어 살겠다는 생각이다. 지금껏 만나온 많은 사람도 가려서 만나고 싶다는 것이다.

오늘도 교직의 옛 동료들이 만나자 그랬지만 아내와 산을 찾는 일이 더 급하고 중요하겠기에 그 길을 택했다. 이제는 되는 대로, 나 살고 싶은 대로 살아보고 싶다. 지금껏 나는 너무도 많은 제약과 굴레 속에서 살았었다. 너무 많은 약속을 하며 살았다.

이제는 아무하고도 약속을 하지 않고 살아보고 싶다. 남은 생애만이라도 자유롭게 살아보고 싶다. 남들 눈치를 살피지 않고 살아보고 싶다. 지금까지 내가 여러 사람 속에서도 한가하고 때로는 고독한 사람으로 살았다면 이제부터는 혼자서도 바쁘고 고독하지 않은 사람으로 살겠다는 것이 나름대로의 한 결의이다.

병원에서 풀려나온 뒤로 무엇 하나 감사하지 않은 것, 눈물겹지 않은 것이 없다. 숨 쉬는 것도 감사하고, 물 한 잔 마시는 것도 감사하고, 부는 바람도 감사하고, 밝은 햇빛도 감사하고, 고추잠자리 한 마리 아직도 가을 햇빛 속에 힘없이 날아가는 것을 보아도 문득 눈물겹다. 더하여 아내와 이렇게 둘이서 산행을 하게 됨은 얼마나 크나큰 기쁨의 항목이라 말해야 할 것인가.

돌아오는 길에 된서리를 맞아 무너져 내린 고추밭이며 호박 넝쿨을 보았다. 그리고 활짝 핀 국화꽃들도 보았다. 국화꽃 위로는 벌 떼가 엉기고 있었다. 이맘때면 꼭 이렇게 국화꽃을 찾아오는 단골손님이다. 그러나 이들은 머지않은 날에 일 년 치기로 선물 받은 저들의 생명을 반납하게 될 것이다.

가을이 물러가면 그 뒤를 따라 겨울이 오겠지. 찬바람이 불기도 하겠지만 새하얀 눈이 내리는 날도 있겠지. 이 또한 나에겐 얼마나 감격스러워 마땅한 일이겠는가! 오늘의 건강 연습은 여기까지다.

인생

화창한 날씨만 믿고
가벼운 옷차림과 신발로 길을 나섰지요
향기로운 바람 지저귀는 새소리 따라
오솔길을 걸었지요

멀리 갔다가 돌아오는 길
막판에 그만 소낙비를 만났지 뭡니까

하지만 나는 소낙비를 나무라고 싶은
생각이 별로 없어요
날씨 탓을 하며 날씨한테 속았노라
말하고 싶지도 않아요

좋았노라 그마저도 아름다운 하루였노라

말하고 싶어요

소낙비 함께 옷과 신발에 묻어온

숲속의 바람과 새소리

그것도 소중한 나의 하루

나의 인생이었으니까요.

그대도 기죽지 말기를

누구나 사람들은 살고 싶어서 살고 죽고 싶어서 죽는다. 이것을 알아야 한다. 삶의 의지와 지향이 중요하다. 아무리 건강하고 젊은 사람이라도 그가 죽고 싶으면 죽는다. 자살이 그것이다. 자살은 자기 살인을 줄인 말.

하지만 아무리 병약한 사람이라도 자기가 살고 싶으면 살아남는다. 그것이 바로 생명의 속성이다. 나 또한 살고 싶어서 살았다. 죽을 지경이 되었지만 살고 싶은 마음이 더 강해서 살았다. 사람들은 이 점을 잘 모르거나 가끔 잊어먹는 것 같다. 살아지는 것이 아니다. 살아내는 것이다.

그러므로 모든 생명은 거룩한 것이고 순간순간의 삶은 빛나고 아름다운 것이다. 자기한테 지면 죽는다. 자기를 포기하면 죽는다. 우리는 죽지 않기 위해서 자기한테 자기가 지지 않을 필요가 있다. 대략 사람들은 죽음이 우리를 찾아오는 줄 알지만 사람이 죽음을 찾아가는 것이다.

어찌 우리가 나이 든 사람이 되었는가? 나이 든 내가 나를 찾아왔는가? 아니다. 내가 나이 든 나를 찾아간 것이다. 날마다 순간마다 죽음을 부정하고 죽음과 반대쪽으로 영혼의 촉수를 세워 푸르게 싱싱하게 살아야 할 일이다. 그러므로 이 책은 질병에 대한 책이지만 더 많게는 죽음에 관한 책이기도하다. 아니다. 그 너머 삶에 대한 책이다.

나는 글을 쓰고 나서 참으로 신비한 경험을 했다. 병원에서 가졌던 불안하고 무섭고 떨리던 마음을 송두리째 내려놓는 경험이 그것이었다. 글을 쓴다는 것이 그토록 대단한 일이다.

그런데 정작 아내는 병원에서의 그 절박감과 불안감을 떨치지 못하고 있었다. 거꾸로 그녀가 환자가 되어 있었다. 심신이 지치고 피로해서 그랬을 것이다. 아무도 모르는 산중으로 들어가 혼자서만 살고 싶다는 말을 입버릇처럼 했다.

나는 아내에게 내가 쓴 글을 읽어보기를 권했다. 여러 날 집중하여 글을 읽고 난 아내의 마음에 변화가 오기 시작했다. 불안했던 마음이 조금씩 차분해지고 있는 것이었다. 글이란 것이 참 대단한 능력을 가졌다. 치유의 기능이 있고 사람을 끝내 살리는 힘이 숨어 있었던 것이다.

나는 퇴원해서도 한참 동안 치아가 반 도막으로 잘려 나간 걸 깨닫지 못했다. 어느 날 치과병원에 갔을 때 의사가 치아가 반 도막이 났다고 알려주어서야 비로소 알게 되었다. 기억을 더듬어 보니 처음 중환자실에 입원했을 때 심하게 이를 갈아서 그렇게 되었다는 걸 알았다. 하도 심하게 이를 간 나머지 이에서 나온 가루가 혓바닥 위에 소복이 쌓여 간호사에게 도움을 청했던 일이 아슴아슴 기억에 남았다.

어떻게 좀 도와달라고 호소하고 또 호소했지만 간호사들은 내 청을 들어줄 생각을 하지 않았다. 그때 나는 생각했다. 내가 이 병원을 나가기만 해봐라. 내가 너희들 그냥 가만두나 봐라. 잔뜩 오기를 머금고 두 주먹을 오그려 쥐고 있었다. 지금 와서 생각해보면 그런 오기와 모진 마음이 그 아픔의 세상에서 나를 끝내 견뎌내게 하고 살렸지 싶다.

중환자실에 있을 때도 죽음 연습을 한 일이 있다. 나중에 들어보았더니 한밤중에 아내와 아들아이가 불려오고 담당 의사가 불려왔다. 나는 담당 의사에 대해서 좋아하는 마음을 기지고 있었다. 어떻게 하든지 저 의사가 나를 살려주겠지 싶은 믿음도 있었다.

눈을 감고 누워 있는데 두세 사람들 음성이 가까이 왔다. 아내와 아들아이 목소리가 있었다. 느낌이 좋았다. 담당 의사가 내 쪽으로 몸을 기울였다. 어디선가 알지 못할 향기 같은 것이 번지는 듯싶었다. 어느 해 밝은 나라에 가 있는 것 같다는 느낌이 왔다. 이 모든 느낌이 그 여자 의사한테서 온다고 나는 믿고 있었다. 기다려 봐도 내가 죽지 않으니까 다시 그들은 흩어져 갔다.

중환자실에 있을 때 유독 많은 사람이 면회 온 날이 있었다. 그들은 몸을 구부려 내 쪽으로 향한 채 무슨 말이든 자기가 알고 있는 가장 좋은 말을 나에게 들려주려고 애썼다. 기분이 좋았다. 그들이 몸을 구부릴 때마다 나는 그들로부터 경배받는다는 생각이 들었다. 아, 내가 이렇게 위대한 사람이 되었구나. 몸이 공중으로 뜨는 느낌이 왔다.

하지만 중환자실에서 2인실로 왔을 때 너무도 몸이 아픈 것을 느꼈다. 특히 등의 뼈 부분이 그렇게 아플 수가 없을 만큼 아팠다. 심지어 침대 스프링이 모두 터져 나와 등뼈를 찌르고 있다고까지 생각했다. 그래서 아들아이와 아내더러 침대 바닥 부분을 살펴보아 달라고 부탁하기까지 했다. 그들은 침대 바닥은 여전히 판판하고 멀쩡하니 걱정하지 말라고 대답하곤 했다.

이제 와 생각해보면 꿈만 같은 일이다. 하지만 이런 아프고 힘든 기억들이 오늘날 나를 잘 살게 하는 원동력이 되고 있다. 더러 사는 일이 지치고 짜증 나고 힘겨울 때마다 중환자실에서 이를 갈면서 보내던 날들을 떠올린다.

오늘 내가 이렇게 살아 있는 사람인 것이 얼마나 고마운 일인가. 지금도 뜨거운 음식을 먹으려면 이에 통증이 온다. 뜨거운 음식이 닳아진 치아 부분에 닿아서 그렇다. 하지만 그것이 나의 생명 감각이다. 아, 이 순간에도 살아 있구나 싶은 환희이기도 하다. 비록 내가 젊은 나이는 아니지만 '살아난다는 보장만 있다면 시절에 죽을병에 한 번 걸려보는 것도 나쁘지 않겠다'는 그 말이 나의 이야기가 되었음을 감사하게 여긴다.

삶은 어떠한 순간, 어떠한 사람의 것이든 그것은 빛나는 것이며 아름다운 것이며 지극한 축복이며 감사이며 행복이며 기쁨, 그 자체이다. 아니 삶 그 스스로 그 자체, 자연, 우주 그 자체, 본질이다. 누구든 삶 앞에서 헛소리하지 말라. 죽지 못해서 산다. 죽고 싶다. 마지못해서 산다. 그런 말 하지 말라. 이는 삶에 대한 모독이다.

다만 살고 싶어서 산다. 끝내 살아내고 싶어서 기어코 살고 싶어서 사는 것이 삶이다. 어느 날 중환자실에 오셔서 죽어가는 아들을 두고 다급한 나머지 나에게 들려주신 우리 아버지 말씀대로 '이 세상은 아직도 징글징글하도록 아름답고 빛나는 세상'인 것이다.

내 일생은 스캔들이 별로 없었던 밋밋한 일생이었다. 그런데 인생 후반에 와서 몸을 가지고 크게 사고를 치고 말았다. 삼 일만 산다는 목숨이 십육 년을 더 살았다.

덤으로 받은 인생, 선물로 받은 인생에 대해서 감사를 드린다. 또 이런 목숨을 허락하신 신과 가족, 친지, 벗이며 이웃들 앞에 고개 숙여 사랑을 드린다. 그렇기에 나는 날마다 날마다 기적의 사람이다. 그렇다면 당신 또한 기적의 사람이 아니라고 할 수 없는 일이다.

그렇다. 당신은 기적의 사람이다. 기적은 당신 몸속에 있다. 우리는 수많은 날을 그 기적을 느끼지 못하고 산다. 하지만 암흑 같은 날들이 다가올 때, 그 기적은 나온다. 내가 기적이고 당신이 또 기적이다. 우리들 하루하루가 기적이고 일 년 365일이 하루같이 기적이다.

그래서 나는 말할 수 있다. 지금 삶이 아무리 힘들고 어려워도 약속하건대, 분명 좋아질 것이다.

감사

이만큼이라도 남겨주셨으니

얼마나 좋은가!

지금이라도 다시 시작할 수 있으니

얼마나 더 좋은가!

약속하건대, 분명 좋아질 거예요

초판 1쇄 인쇄 2023년 4월 26일
초판 1쇄 발행 2023년 5월 8일

지은이 나태주
펴낸이 하인숙

기획총괄 김현종
책임편집 백상웅
디자인 studio forb

펴낸곳 더블북
출판등록 2009년 4월 13일 제2022-000052호
주소 서울시 양천구 목동서로 77 현대월드타워 1713호
전화 02-2061-0765   **팩스** 02-2061-0766
블로그 https://blog.naver.com/doublebook
인스타그램 @doublebook_pub
포스트 post.naver.com/doublebook
페이스북 www.facebook.com/doublebook1
이메일 doublebook@naver.com

© 나태주, 2023
ISBN 979-11-982215-8-2 (03810)